妖魔と下僕の契約条件 4

椹野道流

角川文庫
23422

目次

妖魔と下僕の契約条件

Characters

足達正路《あだちまさみち》

志望の大学に2回落ちて、現在浪人生。
優しいけれど、気弱で内向的な性格。
司野と「契約」を交わし、命を救われる。

辰巳司野《たつみしの》

人間離れした美貌の青年。
実は長年封印されていた力を持つ妖魔で、
現在は人間のフリをして、骨董店の店主をしている。

忘暁堂《ぼうぎょうどう》

司野が店主を務める骨董店。
付喪神が宿るものばかりを集めている。

プロローグ

「あっ」

予備校から出て、数歩歩いたところで、足《あ》達《だち》正《まさ》路《みち》はふと立ち止まり、小さな驚きの声を上げた。

振り返って目で追ったのは、一匹のとんぼである。

「赤とんぼだ！」

空中で器用にホバリングし、瞬時に高度を変えながら、鮮やかな赤い胴体をしたとんぼは、あっという間に歩行者の頭上を飛び去っていった。

「こんなに暑いのに、とんぼ的にはもう秋なんだな」

小さく呟《つぶや》いて、正路は再び歩き出した。

九月に入って、明らかに日没が早くなったとは、正路も感じている。

午後五時を過ぎた今、オレンジ色の夕日は大きく眩《まぶ》しく、目が痛いほどだ。

空には相変わらず入道雲がでんと腰を据えているが、それでも朝夕の風だけは、ほんの少しひんやりしている。

（秋……もう秋、なんだ。あっという間に来年になって、受験の日が来ちゃうな）

実家を離れ、浪人生として迎える二度目の秋だと思うと、思わず小さな溜《た》め息が出てしまう。

同居人であり、「ご主人様」でもある辰巳司野《たつみしの》の厚意で、正路は予備校に通わせてもらい、万全のバックアップ態勢のもと、三度目の大学受験に向けて勉強を続けている。

しかし、「たとえ間接的にでも、農業を営む祖父母や両親のために役に立ちたい」という、農学部を志望した本来の目的は、彼らが農業を廃業し、田畑を手放したと知った瞬間から、宙ぶらりんになってしまった。

（司野は、何を学んでも決して無駄にはならないし、僕が本当にやりたいことが見つかったら、そのときに路線変更をすればいいだけだって言ってくれるけど）

正路は人波に乗ってそこそこ足早に歩きながら、二つ目の溜め息をついた。

（僕は、いったい何がしたいんだろう。誰かのためではなく、僕自身のために）

大切な人たちの役に立つ生き方がしたい。

そんな想いを「間違っていた」とは思いたくないし、今もそんな風には思わない。

それでもやはり、これまでの自分はあまりにも自分自身を疎《おろそ》かにしてきたし、「人のため」を理由に、自分の心と向き合うことを怠ってきた。

司野にそれをズバリと指摘されて以来、バランスの悪い生き方をどうにか改善したいと思っているものの、一朝一夕でどうなるものでもないし、急に「自分のやりたいこと」が見つかるわけでもない。

引っ込み思案で消極的な性格が、そう簡単に修正できるなら苦労はないのだ。

とぼとぼと歩き出した正路は、道沿いに並ぶ店を眺めるうち、ハッと今朝の司野の言葉を思い出した。

（あ、家を出るとき、お豆腐買ってこいって言われてた！）

妖魔《ようま》なのに料理上手な司野は、食材の買い出しも決して嫌いではないらしく、最寄りのスーパーマーケットのみならず、馴染《なじ》みの専門店もかなりあるようだ。

そのうちの何軒かは正路の予備校からの帰り道にあるので、最近は時々、お使いを命じられる。

正路が、轢《ひ》き逃げされて死を待つばかりの状態で司野と出会い、命を助けてもらう代わりに彼の下僕になって、はや半年。

憑《つ》きもの落としの手伝いなどという、いかにもおどろおどろしい仕事もあるにはあるが、彼の「命令」の多くは、買い物や片付け、留守番といった、驚くほどドメスティックなものだ。

（妖魔のお使い、って、なんか響きが可愛いよね）

改めて考えると無性に可笑《おか》しくて、正路の、さっきからずっと浮かない表情だった童顔が、ようやく少しばかり和らいでくる。

（お夕飯、何だろう。何を作るの？　って訊《たず》ねても、「食えばわかる」って教えてくれなかったけど、何だろう。そろそろ湯豆腐かな。さすがに、まだ早いか。もしかして、麻婆《マーボー》豆腐かな。あんまり、からくないといいけど）

そんなことを考えているうちに、豆腐店に到着する。

昭和を思わせる昔ながらの小さな店舗には、ステンレス製の大きくて深い槽があり、たっぷりと水をたたえた中に、象牙《ぞうげ》色の豆腐が浮かんでいる。槽の横にはテーブルがあり、そこにはビニール袋に詰め込んだおから、バットの上に並べられた油揚げ、厚揚げ、自家製のがんもどきなどがあるが、夕方だけに、どれもかなり数が減ってしまっていた。

「いらっしゃい、学生さん！　何にしましょ」

学生さんと呼ばれてギョッとしたが、おそらく正路のショルダーバッグからはみ出し気味の、予備校の封筒を見たからだろう。

「あ、えっと、絹ごし豆腐を二丁ください」

「あいよ！」

おそらくは四十代後半から五十代前半くらいの、ガッチリした体格とジャガイモを思わせる丸い顔の店主は、威勢良く返事をすると、豆腐が入った槽の前に立った。大きな手で、驚くほど優しく豆腐を掬《すく》いながら、彼は顔を上げ、正路に笑顔を向けた。

「お客さん、運がいいねえ。ちょうど、最後の二丁だよ」

「ホントですか？　よかった」

喜ぶ正路を見て、店主は豆腐をそろりと樹脂製のパックに移しながら言った。

「そうか、学生さん、どっかで見た顔だと思ったら、辰巳さんとこの」

司野の名を出されて、正路はちょっと緊張して背筋を伸ばす。

「あ、はい。そうです」

「前に一緒に来たもんねえ。あの人、映画スターみたいにかっこいいのに、おからなんて買っていくから、なんか面白いんだよなあ。全然いいんだけど。うちのおから、旨《うま》いからね」

「はい、し……辰巳さんが作ってくれる卯《う》の花、凄《すご》く美味《おい》しいです」

「へええ。あんな顔して、なかなか古風なもんを作るんだねえ」

古風も何も、あの人はもう千年以上生きている妖魔です、という言葉をごくんと呑《の》み込み、正路は「そうですねえ」と当たり障りのない相づちを打つ。

「学生さんは何てったっけ、確か、げぼく君、だっけ？　どんな字を書くの？」

ブフッ、と奇妙な息が正路の口から漏れる。

（もう、司野は……！）

先日、初めてこの店での買い物に同行したとき、この人懐っこい店主に「おっ、辰巳さん。今日は弟さんと一緒？」と問われた司野が、即座に「これは弟などではない。下僕だ」と言ってしまったことを、正路は瞬時に思い出した。

日頃、司野が経営する骨董店《こっとう》「忘暁堂《ぼうぎょうどう》」の顧客などには無難に「助手」と紹介されていたので、あるいは司野も、いきなり「弟」などと言われて、ポーカーフェイスの裏で少しだけ動揺したのかもしれない。

そのときは、店主がさっぱりわからないといった顔つきで、それでもサラリと流してくれたので、正路も愛想笑いでどうにか乗り切った記憶がある。

（さすがご商売の人、覚えてたんだ……）

驚き戸惑いつつも、このまま「げぼく」が「下僕」であることを説明してしまうわけにはいかず、正路は極力平静を装って言葉を返した。

「いえあの、僕、足達といいます」

「えー？　げぼく君じゃなかった？」

「違います。足達です」

ドギマギしながらも繰り返すと、店主もさすがにそれ以上追求することはなく、笑顔で「足達君ね、覚えたよ」と言ってくれた。

正路がホッとして見守る中、店主は丁寧な手つきで二丁めの柔らかな絹ごし豆腐も容器に収めた。

容器の中の豆腐は表面がつやつや、切った断面がキリッとしていて、いかにも瑞々《みずみず》しい。

「僕、これまでスーパーのお豆腐しか知らなくて。でも、ここのお豆腐を食べて、全然違うんだなって感じました。上手《うま》く言えないんですけど、とにかく美味しいです」

「とにかく美味しい、それがいちばんよ。それ以外の言葉なんて、豆腐屋には贅沢《ぜいたく》すぎる。毎日食べるもんは、美味しすぎてもダメだからね。あっ、今日は、他のもんはいいの？」

そう問われて、正路は少し考えてから答えた。

「特に何も言われてないんですけど、凄く美味しそうだから……厚揚げ、いただいていってもいいですか？　一枚だけでも？」

「勿論《もちろん》いいよぉ、毎度ありがとう」

豆腐の容器にフィルムをかけ、熱処理してパックしてから、店主は厚揚げを取ろうとして、ふと正路を見た。

「それはそうと、今日はこないだより元気ないね。勉強疲れ？」

「えっ？」

正路は再びギョッとした。

「そ、そうですか？」

「うん。なんかこう、どよーんとしてるね。大丈夫？　そうだ、これ飲みな。元気出るよ！」

そう言うと店主は冷蔵庫から何かを出し、小さな紙コップに注いで正路に差し出した。

「あ……ど、どうも」

受け取ってみると、それは豆腐と同じ色の豆乳だった。

「珍しくまだ残ってたからね。飲んで飲んで。飲んでる間、おじさんに愚痴ってもいいよ」

「……ありがとうございます」

正路はありがたく、豆乳を一口、含んでみた。

冷えていても大豆の味が濃く感じられ、それでいてスッキリしていて後味にイヤミがない。

「美味しいです！」

「うんうん。いいねえ。そんで？」

さりげなく促され、正路は躊躇《ためら》いながらも、できるだけ短く、自分の悩みを口にした。

「進路に、迷ってて。自分が何をやりたいか、わかんないんです」

すると店主は、馬鹿にするでもなく、さっきまでと同じ調子で、「普通だろ、そんなの」と言った。

正路は驚いて、目を丸くする。

「普通、ですか？」

「普通だよぉ。やりたいことがその歳でハッキリしてる奴なんて、そんなに多くねえよ」

「でも……」

「世間で他人様《ひとさま》にてめえの生き方を語れるのは、でっかい夢を持って、それを叶《かな》えた奴ばっかだろ。だから、みんなそうだと思っちゃうんだよ、足達君。真面目過ぎだぁ」

店主は笑いながらそう言って、今度こそ厚揚げをピッタリしたサイズの容器に、豆腐よりはぞんざいに入れた。

正路は、曖昧《あいまい》な笑みを浮かべて首を傾げる。

「そうなんでしょうか。じゃあ、ご主人は……」

遠慮がちに問われた店主は、細い目をパチパチさせてから、ははは、と笑った。

「俺ぇ？　俺はねえ、祖父《じい》さんの代からここで豆腐屋やってっから、当たり前みたいに跡を継いだよ」

「他にやりたいこと、なかったんですか？」

「まあ、なくはなかったけどさ。それはフワフワした憧《あこが》れみたいなもんでさ。目の前には、毎日こつこつ働いてきた祖父さんと親父と、店と豆腐があるわけだろ。これ、なくしたくねえなあと思ったら、継いでた」

「じゃあ、お祖父さんとお父さんのために？」

正路の問いかけに、店主はちょっと天井を見てから、かぶりを振った。

「いんや。勿論、祖父さんも親父も喜んでくれたけどさ、この店をなくしたくねえと思ったのは俺だし、みんなに旨い豆腐を食わせ続けたいと思ったのも俺だ」

正路は、店主の言葉に胸を打たれ、自己嫌悪で項垂《うなだ》れて、思わず自分の事情を打ち明けてしまった。

「僕も……祖父母や両親が農業やってて、少しでもそれを助けたいと思って進路を決めたんですけど、そうしたら、あっさり廃業されちゃって」

それを聞いて、店主はあっけらかんと笑った。

「そりゃあまた、見事にハシゴを外されたなあ。可哀想に。けど、そりゃゼロになっただけだろ」

「ゼロに？」

「マイナスになったんならつらいけどさ、ゼロからなら、そっからどうにでも好きにやっていいってこった。目の前に、今から新しく道を造れるってのは、いいもんだよ。俺なんかもう、他の道はねえもん。豆腐バカになっちゃったから」

「それは……」

戸惑う正路に、店主は豆腐と厚揚げを別々に紙で包みながら、やはり明るい口調で付け加えた。

「やりたいことが見つからない、上等じゃない。嘆いてちゃ勿体《もったい》ねえよ。何でも手当たりしだいにやってみな。そのうち、なんか見つかるって。そんな、ただひとつのでっかい夢とかじゃなくていいんじゃねえの。なーんとなくやりたいことが見つかったら、それでめっけもんだ」

「そう……で、しょうか」

「たぶんね。今、きっと苦しいんだろうけどさ、ほら、たまに知らない町を歩くと、不安でもどっかワクワクすんだろ？　同じだよ。クヨクヨしてもワクワクしても、結果は何も変わらねえんだから、どうせならワクワクしていきな」

「！」

　思いがけない励ましを受けて、正路は咄嗟《とっさ》に言葉が出てこなくなる。そんな彼に豆腐と厚揚げが入った袋を差し出し、店主はニカッと笑った。

「悩め悩め、学生さん。それが若人の特権ってもんよ。ほら、辰巳さんが待ってんだろ？　よろしく言っといてな。もうちょっと涼しくなったら卵豆腐を再開すっからって。辰巳さんとこの先代夫婦が、大好きだったんだよ」

「あ……ありがとうございます。必ず伝えます。あと、豆乳、ご馳走様《ちそうさま》でした。凄《すご》く美味《おい》しかったです」

　丁重に礼を言い、店を出てからもしばらく、正路はどこかぼんやりした、狐につままれたような気持ちで歩き続けていた。

（クヨクヨしてもワクワクしても、結果は何も変わらない……か）

　主体性のない自分が嫌で嫌で仕方がなかったが、一朝一夕で治らないとわかっているのに、焦ってみても仕方がない。

　落ち込んで、俯《うつむ》いている暇があったら前を向け、店主はそう言ってくれたように正路は感じた。

「何でも、手当たり次第にやってみる。ワクワクしながら」

　さっきの店主の言葉を口の中で呟《つぶや》いてみると、少し、腹の底から力が湧き出してくるような気がして、正路は一つ、小さく頷《うなず》いた。その柔らかそうな頬には、小さな笑みが浮かんでいる。

オーダーしていない厚揚げを目にした司野が何と言うだろうと、楽しみ半分、不安半分であれこれ想像しながら、夕暮れが迫る中、正路は家路を急いだのだった……。

一章　大切なひと

コーヒーの香りで目を覚ますなんて、子供の頃に見た恋愛ドラマみたいだ。

そんな小さな感動がこみ上げて、ベッドの中に横たわったまま、足達正路は胸いっぱいにその芳《かぐわ》しい空気を吸い込んだ。

彼が、ご主人様である辰巳司野と暮らしている店舗兼住居の古い一軒家は、よくいえば風通しがよく、悪く言えば建付けがいささか悪くなっていて、家の設備も古びたままになっているものが多い。

換気扇もそのひとつだ。

一階の茶の間と続き間の台所で煮炊きをすると、換気扇が吸い込んだ空気の一部が、何故か二階の廊下に放出されるらしい。

それが正路が寝起きする部屋まで届き、今朝は目覚まし時計の役目を果たしてくれたというわけである。

（司野、今朝はコーヒー淹《い》れてるんだ。朝ごはんはたいてい和食だから、なんだか新

鮮）

そんなことを思いながら、正路はむくりと起き上がった。

腰が鈍く痛むのは、このベッドのマットレスが少しくたびれているからだ。

かつて、先代店主の妻、ヨリ子さんが何年も使っていた寝床だそうなので、無理もない。

買い換えは大層だし、そのうちベッドパッドでも敷こうと思いつつ、何となく面倒臭くて後回しにしてしまっている。

手早く着替えと身支度を済ませて急な階段を下りると、司野は茶の間の卓袱台《ちゃぶだい》の前に座り、マグカップでコーヒーを飲みながら新聞を広げていた。

（こうして見ると、普通の人間みたいなんだけどなあ。いや、並外れて綺麗《きれい》な「人」ではあるけれど）

朝の挨拶《あいさつ》をしながらも、正路はそんなことを考えていた。

平安《へいあん》の昔、都で人を喰《く》らう妖魔《ようま》として人々に恐れられていた司野は、陰陽師《おんみょうじ》、辰巳辰冬《ときふゆ》との戦いに敗れ、彼の式神《しきがみ》にされた。

司野という名と、今の肉体……司野が言うところの「仮の器」は、そのときに辰冬に与えられたものである。

辰冬の好みに添うように造られた人間の姿の器は、平安風というよりはむしろ今風の美形で、すらりとした長身と相まって、まるでファッションモデルか俳優の趣すらある。

平安時代は長かった黒髪を、今の流行《はや》りに多少は添うように短めに整え、少し明るい色に染めているおかげで、余計に垢抜《あかぬ》けて見える。

（まさか、千年以上生きてる妖魔だなんて、誰も信じないよね）

司野と出会ってから、幾度となくよぎったそんな感慨を胸に、正路はいったん司野の真正面に座った。

司野は新聞から顔を上げもしないし、挨拶も返してくれないが、それは毎朝のことだ。

妖魔には挨拶の習慣などなく、「正路の動きは見なくても完全に把握しているので、読みかけの新聞から視線をそらす必要はない」そうだ。

確かに合理的判断といえばそうなのだが、さすがに少々寂しい……と思いつつも、ご主人様のすることにいちいち文句を言うのも憚《はばか》られ、今となってはすっかり慣れっこになってしまった正路である。

「今朝はコーヒーなんだね。ってことは……朝ごはんは、パン？」

正路がそう訊《たず》ねると、司野はようやく新聞をバサリと下ろし、台所のほうへ軽く顎《あご》をしゃくった。

「買ってきたばかりのパンがある」

正路は驚いて目を丸くした。

「買ってきたばかり？　今、八時だけど……もうどこかへ行ってきたの？」

「今朝は、風が冷涼で心地よかった。かつて、鳥辺野《とりべの》に吹いていた風を思い出して、少し外を歩いてきた」

「とりべの？」

「鳥辺野。都における、葬送の地だ。地面に腐りかけた骸《むくろ》や白骨がゴロゴロと……」

「あっなんか了解！　訊《き》いといてごめん、でもそれ、あんまり爽《さわ》やかな朝の話題じゃないから」

慌てて遮り、同時にたちまち不機嫌になった司野に弁解も済ませて、正路はもとの話に半ば強引に戻した。

「じゃあ、早起きして朝のお散歩に行って、パンを買ってきてくれたの？」

司野はまだムッとした顔のまま、それでも律儀に、しかし短く答えてくれる。

「早起きはしていない」

「ん？」

「興が乗ったので、夜通し本を読んでいた」

そう言われてみれば、司野は昨夜《さくや》、正路がおやすみの挨拶をしに行ったときとまったく同じ、長袖《ながそで》の黒いTシャツとブラックジーンズという服装である。

正路は俄然《がぜん》興味を惹《ひ》かれ、軽く腰を浮かせて司野に訊ねた。

「どんな本？　また、絵巻物とか、古文書とか？　僕が借りて読めないようなやつ？」

すると司野は、新聞を雑に畳んで畳の上に置くと、どうやら茶の間に持って来ていたらしいその「本」を持ち上げ、表紙を正路のほうに向けた。

正路の予想に反して、それはいかにも新しそうな、ハードカバーの書籍だった。

白くて固い表紙には、シンプルな画風で、日々の務めに勤《いそ》しむ修道士たちが描かれている。

タイトルは、クラシックな書き文字で綴《つづ》られた英語である。

「洋書？」

目を丸くする正路に、司野は平然と答えた。

「ロンドンへ行ったとき、帰りの飛行機を待つ間、空港の書店で見つけて買ってみた」

「いつの間に！　修道士が主人公の小説か何か？　修道士が主役のイギリスのドラマ、そういえば見たことがあったな、子供の頃」

懐かしそうな正路に、司野はその本を差し出す。

受け取ってパラパラとページをめくってみると、本文も、勿論《もちろん》英語で綴られている。

正路にはすぐに内容を確認するというわけにはいかなかったが、そこここに修道士や教会にまつわるフルカラーの写真や絵がちりばめられていて、なかなかに面白そうだ。

「小説じゃなさそうだね」

「そうだな。『いかにして修道士のように生きるか』というタイトルのとおり、中世の修道士たちの生活や心構えを紹介し、現代の生活にそれを生かすことを提案する本だった」

正路は、本のページと司野の顔を交互に見て、感心しきりで小さく唸《うな》った。

「面白そうだけど、僕にはとても読めそうにないな。司野、洋書もバリバリ読めちゃうんだよね。凄《すご》いな」

「辞書があれば、誰でも読めるだろう。人間は、学校で英語を学ぶと聞いたぞ」

正路は恥ずかしそうに笑って、本を閉じ、司野に返した。

「そうなんだけど、なかなか辞書を引いてまで、洋書を読もうって気にはなれないよ。興味があっても、日本語版が出るのを待っちゃうな。司野はやっぱり、そういうところ真面目だよね」

「真面目さとは関係があるまい。好奇心を満たすか満たさないか、それだけだ」

「そういうものかなあ。僕は好奇心より、面倒臭いが先に立っちゃうかも。でも、どうしてそんな本を？　司野も、修道士みたいに生きてみたいの？」

「馬鹿を言うな」

正路の問いを、司野は即座に否定した。表情に変化がないので、腹を立てているわけではないが、司野としては態度を明確にしておきたいところだったのだろう。

「戒律など、妖魔にはもっとも縁遠いものだ」

「ですよねー!」

思わずストレートに同意してジロリと睨《にら》まれ、正路はちょっと首を竦《すく》めてみせる。

「じゃあ、どうして?」

何故わざわざそんな本を購入し、夜通し読んだのかと問われ、司野は今度は少しだけ考えてから答えた。

「洋の東西を問わず数多《あまた》存在する、宗教というものに興味がある」

「宗教に!?」

今度こそ本気で驚いて、つい声のトーンを上げてしまった正路に、司野は不愉快そうに顔をしかめ、言葉を継いだ。

「勘違いするな。信仰を得たいなどと思っているわけではないぞ」

「よ、よかった。いや、いいかどうかはわからないけど、ちょっと安心した。妖魔には、信仰なんて……ないよね?」

「ない。妖魔が頼みとするのは己のみだ。だからこそ、人間が、神仏などという得体の知れんものに帰依する心境が、俺にはさっぱりわからん。わからんからこそ、興味がある」

顰《しか》めっ面《つら》で、それでも律儀に説明されて、正路は納得して首を傾げた。

「ああ、そういう意味……。言われてみれば、僕もよくわからないな」

正路も軽く首を傾げ、注意深く言葉を選びながら言った。

「普段、特に信心深いってわけじゃないけど、お正月には初詣《はつもうで》に行きたくなるし、おみくじを引いたら内容をけっこう真に受けちゃうし、あと、法事……」

「法事。それだ」

司野は正路の話を遮り、茶の間を見回した。

「大造《だいぞう》さんとヨリ子さんが相次いで死んで、彼らの希望どおり、俺が喪主になって小さな葬式を二つ出した」

初めて聞くそんな話に、正路は思わずきちんと正座して背筋を伸ばした。

「そっか、これまで考えたことがなかったけど、お葬式かあ……。妖魔《ようま》が喪主って、凄いね。勿論、お二人とも、司野の正体をご存じなかったんだろうけど」

「わざわざ教えたことはないな。知る必要もなかろうと思った」

正路は、真顔で同意する。

「それはそうだと思う。でも、大造さんとヨリ子さんって、他に身寄りがなかったの？」

司野は渋い顔のままで、彼らしくない曖昧《あいまい》な物言いをした。

「縁者がないわけではなかったが、俺が喪主になり、この家で葬式を出すことが、二人ともの遺言だったからな。やむを得なかった」

正路は驚いて狭い茶の間と、簾《すだれ》の向こうにある、古い器物が山のように積まれた店舗スペースを見た。

いずれも、通夜や葬式の会場にはなりそうに思えない。

「待って、ほんとにこの家でお通夜とお葬式を？　どこで？」

司野は肩をそびやかした。

「俺が寝起きしている部屋だ。祭壇を組む空間はないからと、葬儀業者が棺《ひつぎ》の両側に生花を飾っていた。……百合《ゆり》の花の匂いが部屋に充満して、奇妙な気分だったな」

「わかる！　百合の香りって、意外なほど強いんだよね。いい匂いっていうより、独特な……。そうか、あのお部屋なら、ほとんどものがないし、棺を置いても、何人かは入れるものね」

「襖《ふすま》を開け放ち、部屋の外の板の間まで使ったが、座布団を敷けば特に問題はなかった」

当時のことを思い出すように、司野は自室のほうをチラと見て、やはり面白くもなさそうな口調で言った。

「業者に斡旋《あっせん》された、会ったこともない坊主がやってきて、もっともらしくお決まりの経を上げ、何の面白みもない内容の薄い説法をして金を受け取り、帰っていった。あんなものを人間はありがたがるのかと、実に不可解だったな」

「あああ……なんかこう、そんな風に言うもんじゃないよって言いたいけど、一部わかっちゃう。困ったな」

困惑する正路に、司野はツケツケと言い募る。

「寺であろうと神社であろうと教会であろうと、顧客からサービス料を取って経営している組織であることに違いはあるまい。そこに得体の知れんありがたみという権威を与える意味が、俺にはさっぱりわからん」

「うう……中途半端に神様仏様を信じちゃってる人類の一員としては、なんかコメントしづらいなあ。でもほら、日頃からお付き合いがあったら、お坊さんだってもっとこう、親身になってお弔いをしてくれるんじゃないかなあ、なんて」

別に、自分が人類の代弁者であるわけではないとわかっていても、正路は困ってしまって、もごもごと言葉を濁す。

「まあ、その理解不能な複雑さ、曖昧さこそが、人間の面白みかもしれん。この本に書かれていた修道士のように、神と教会の戒律に従い、その枠内で充実した生活を送るほうが安穏でいい、という手合いもいるだろう。他者に人生の枠を定めてほしがる人間は、確かに一定数存在するようだからな」

そう言って、司野はチラと意味ありげに正路を見た。

「ウッ」

正路は思わず心臓のあたりに片手を当ててしまう。

司野は、正路が、農家であった祖父母や両親のためにと農学部を志望したことを指して、その主体性のなさを咎《とが》め、からかっているのだ。

「それは……はい。反省してます」

素直にしょげる正路を面白そうに見やり、司野は言った。

「なんでもいいが、今朝は暇なのか？　とっとと朝飯を食ったらどうだ」

「あっ、そうだ」

正路はハッとして立ち上がった。

「話が逸《そ》れに逸れたけど、つまり今朝、司野は徹夜で読書したあと、お散歩に出掛けて、パン屋さんに寄ったってこと？　めちゃくちゃ元気だね」

司野はコーヒーを飲みながら頷《うなず》いた。

「俺は妖魔だ。本来は、眠る必要などない。徹夜が散歩ごときに支障を来すはずがなかろう。……いつもは歩かない路地に入ってみたら、小さなパン屋があった。ガラス越しに、店主が焼き上がったパンを並べているのが見えた。その手つきが細心で気に入ったから、いくつか買ってみたんだ」

「なるほど。僕だったら、パンが焼ける匂いに引き寄せられちゃうところだけど、司野は、パンを並べる手つきに目を留めたんだね。楽しみだな」

正路は台所へ行き、調理台の上に置かれた薄い紙製の袋を開けてみた。

中には、濃いきつね色にしっかりと焼き込まれたクロワッサンが四つ、入っている。漂うバターの香りが、いかにも旨《うま》そうだ。

「司野もまだだろ？　一緒に食べようよ」

返事はないが、「要らん」と言われなければ、「別に構わない」の意味だ。

正路は、司野がコーヒーメーカーで淹《い》れておいてくれたコーヒーを自分のマグカップに注ぎ、紙袋とパン皿と共に盆に載せ、卓袱台《ちゃぶだい》に戻った。

「まだほんのりあったかいね。僕が勧めるのも変だけど、はい、どうぞ」

正路は、袋の口を広く開け、司野のほうに差し出した。

すると司野は袋に手を突っ込み、無造作にクロワッサンを一つ取り出すとパン皿に載せ、立ち上がった。

茶の間と台所の仕切りにもなっている背の低い水屋。その端のほうに置かれた、小さな木彫りの仏像らしきものの前に皿を置き、何ごともなかったかのように戻ってきて、今度は自分のパンを袋から出して、直接、大口で頬張る。

サクッというういい音と共に、薄い生地の欠片《かけら》が卓袱台に散ることなどお構いなしだ。

「あああ」

思わず声を漏らし、自分のクロワッサンを紙袋から皿に取りつつ、正路は不思議そうに仏像のほうを見た。

「あれ、ずっと置いてあるけど……木彫りの仏様、だよね？」

すると司野は、もぐもぐと咀嚼《そしやく》しながら短く答えた。

「円空仏《えんくう》だ」

「えん、くう、仏？」

「円空という、江戸《えど》時代の仏師の作だ。全国を旅しながら、多くの仏像を遺《のこ》した」

「あ、聞いたことあるかも！　中学の美術で写真を見たことがあるよ。ザクザクした彫刻で……なんだっけ、一刀彫？」

司野は小さく頷く。

「そうだ。とはいえ実際は、様々な彫刻刀を使い分けていたようだがな」

「そうなの？」

「円空は、庶民が気軽に所持し、拝み、最終的には野に還《かえ》されるような仏像を大量に作るために、ああした簡素な彫刻をしたのだと、大造さんが言っていた。それが高価な骨董《こっとう》品として取引される現実は皮肉だ、とも」

司野はときおり、先代店主夫婦とのエピソードを語る。

態度は淡々としていて、特に感情はこもっていないものの、司野が自分を孫のように可愛がってくれた二人に対して、本人は決して認めないだろうが、特別な愛着を持っていることを知ることができて、正路は嬉《うれ》しくなる。

「そんな仏像なんだ、あれ。えっ、じゃあ、すっごく高価なもの？　あんまりさりげなく置いてあるから、僕、時々通りすがりに頭を撫《な》でたりしてた。どうしよう」

焦る正路に、司野は平然と「それでいい」と言った。

「それこそが、円空が望み、大造さんが望んだあの仏像のあるべき姿だろう。大造さんは、とある屋敷の片付けを依頼されて、あの円空仏を引き取り、売らずに手元に置いた。敢《あ》えて毎日仰々しく祀《まつ》ったりせず、庭に綺麗《きれい》な花が咲いたら供え、旨いものを手に入れたら供え、撫でたり埃《ほこり》を払ったりして、家族のように遇していた」

司野の、まったく飾らない、事実だけを告げる話しぶりから、正路は、会ったことのない先代店主の優しい人柄を鮮やかに感じ取る。

「家族みたいに……そっか。それで今、クロワッサンを供えたんだね」

「二人が死んで、そんなことはすっかり忘れていたが、一度、ヨリ子さんが大袋に入った小さなクロワッサンを買ってきて、台所でひとつ、俺の口に押し込んだついでのように、あの仏に供えていたのを思い出した」

「ふふっ、司野の口に」

小柄な高齢女性が、祖母が孫にするように、司野の口に「あーん」とクロワッサンを入れてやる光景を想像して、正路は微笑んだ。

(司野は背が高いから、きっと、渋々でも身を屈《かが》めてあげたんだろうな)

しかし、温かな気持ちになりつつも、正路の胸には疑問がよぎる。

(あれ、でも、大造さんとヨリ子さんのお葬式をここで出したのに、お仏壇もお位牌《いはい》もないんだな。そりゃ、司野は妖魔《ようま》だから、信仰なんて持たないけど、それでも)

不思議に思ったが、さすがにそんなデリケートなことをズバリと訊《たず》ねるのは気が引ける。

(あの仏様が、お仏壇代わりなのかな)

現金なもので、有名な仏師が彫った高価な作品だと聞くと、急にこれまで「荒っぽい彫り方だな。誰か素人が彫ったのかな」などと思っていた仏像が、急にありがたく感じられてしまう正路である。

そんな正路の胸中など気にもせず、司野はぶっきらぼうに言った。

「悪くないぞ。お前も早く食え」

「あっ、はい。いただきます！」

正路は慌ててクロワッサンを両手で持ち、細く整えた端っこを齧《かじ》ってみた。

さくっ、とも、くしゃっ、ともつかない軽やかな音が聞こえ、さっきの司野のように、こちらは皿の上に、パンの欠片がまるで薄紙を散らしたように落ちていく。

クロワッサンの外側はサクサクのカリカリで香ばしさがあり、内側はふっくら軽やかで、雲を味わっているようだ。いずれにしても、バターの豊かな香りが素晴らしい。

「うわあ、美味《おい》しい！　司野の目に狂いはなかったね！」

「当然だ。主《あるじ》を舐《な》めるなよ、下僕」

瞬く間にクロワッサンを食べ終えた司野は、もう一つ、袋から取り出して、がぶりと齧った。

美しい顔に似合わぬワイルドな食べっぷりだが、本来の主である辰巳辰冬の教育のおかげか、あるいは先代店主夫婦の指導のおかげか、どんなに豪快な食べ方をしていても、司野の持つある種の上品さは少しも損なわれない。

こちらはリスかハムスターのように少しずつ大事そうにクロワッサンを齧りながら、正路は首を傾げた。

「クロワッサンって、フランスのものだよね。フランス人って、朝からクロワッサンとか食べるのかな。それとも、フランスパン……バゲットとかかな」

「知らん。ここは日本だ」

多方面に博識な司野だが、自分の興味の範囲外のことには、とことん冷淡である。

正路は、思わず苦笑いした。

「……ときどき、頑固なおじさんみたいなこと言うなあ、司野は。ああいや、実年齢を考えたら、おじさんどころじゃないんだろうけど」

「何か言ったか？」

「あ、ううん、別に！」

「そもそも、国全体で食習慣を一括《ひとくく》りにされては、フランス人もたまったものではなかろう。日本人とて、朝飯に何を食うかは、そもそも食う食わないに始まり、多岐に亘《わた》るだろうが」

「それもそうか。『〇〇国ではこうする！』って話、たいてい胡散臭《うさんくさ》いもんね」

「せいぜいその国の、そいつがいた地域の話に過ぎんことが多いからな。人間は、呆《あき》れるほどそれぞれが違うことをする。だからこそ、愚かしくも面白い」

そう言うと、司野はあっという間に二つ目のクロワッサンも平らげ、ブラックのままのコーヒーを飲み干した。

「今日は、この前引き取った器物の仕分けをする」

そう言われて、正路は「ああ」と頷《うなず》いた。

「ご主人様がどこで何をしているかわからないのは困るから、一応、予定があるなら教えてくれ」と何度も頼んだおかげで、最近、司野はようやく、その日のスケジュールをざっくりとではあるが正路に教えてくれることが多くなった。

「終活で処分するって言われて、二人ででっかい段ボール箱三つ分引き取ってきた奴だね。ひとりで大丈夫？」

「誰に訊《き》いている」

ムッとした顔で睨《にら》まれ、正路はただでさえ小さな肩をさらにすぼめた。

「失礼しました。僕は予備校で浪人生クラスの授業があるから、帰りは夕方になると思う。何か買ってくる？」

「そうだな」

ほんの十秒ほど考えて、司野は答えた。

「この前、頼んでもいないのにお前が買ってきた厚揚げは、なかなかのものだった。また買ってこい。焼いて、生姜醤油《しょうがじょうゆ》をかけるだけで旨《うま》いのは、楽でいい」

「確かに！　あれ、最高だったね。わかった。残ってたら買ってくる」

正路も、ブラックコーヒーでクロワッサンの最後の一口を喉《のど》に流し込んだ。

本当は、砂糖をほどほど、ミルクをたっぷり入れたコーヒーが好きなのだが、クロワッサンのカロリーを思うと、運動不足になりがちな昨今、多少は控えようという気にもなるというものである。

司野の前に散らばったパン屑《くず》を自分の皿に集めてマグカップと共に台所に運び、後片付けを済ませると、正路は自室にいったん戻り、ショルダーバッグを持って茶の間に戻ってきた。

「じゃあ、そろそろ行くね」

「ああ」

司野はもう再び、新聞を広げてしまっているのでその顔は見えない。

「クロワッサン、ご馳走様《ちそうさま》でした。いってきます！」

やはり返事はないが、いつものことだ。

特に不安になることもなく、正路は笑顔で、すっかりお馴染《なじ》みになった器物たちの間を通り抜け、店の外に出た。

なるほど、司野が言うとおり、気持ちのいい朝だ。

おそらくこの後、気温はぐんぐん上がるのだろうが、晴れ渡った空には、いかにも秋らしい、刷毛《はけ》で掃いたような薄い雲が浮かんでいる。

「さて、とにかく今は勉強を続けるって決めたんだから、頑張ろう」

予備校の授業料を負担してくれている司野への感謝を込めてそう呟《つぶや》き、正路は両手で自分の頰を軽く叩《たた》いて気合いを入れ、足早に歩き出した。

いつもと同じ、何の変哲もない一日。

妖魔の下僕に、そんな一日はそうそう許されないのだと正路が思い知るのは、ほんの数時間後のことである……。

＊　　　＊

「お願いしまーす、数学の質問でーす」

少し離れた場所から、女性の声が聞こえた。

正路はテキストから顔を上げる。

彼が今いるのは、予備校にたくさんある教室のひとつである。

いわゆる机と椅子が並ぶ普通の教室と違って、正路たち浪人生が集められるのは、ひとりずつのブースに区切られた自習室型の教室だ。

何しろ、色々な学部を志望する浪人生が一堂に会するので、皆が同じ授業を受けるというわけにはいかない。

各自がそれぞれ持ち寄ったテキストや問題集を自由に学び、授業時間であれば、待機している数人の講師がそれぞれの担当学科についての質問に答えてくれるシステムなのである。

（英語の先生、今、暇そうだな。じゃあ）

正路はそろりと手を挙げた。

「すみません、英語の質問です」

こんな風に、公の場で大きな声を出すことが得意でない正路の声は、実にヨレヨレと頼りない。居酒屋での接客バイトが客からも同僚からも不評だったのは、むべなるかな、である。

「あーはいはい。えーと、誰君だっけ」

もう何度もこうやって質問を受けてくれている若い講師が、悪気のない笑顔で問いかけてくる。

「足達です」

「あーそうそう、そんな名前だったね。青木《あおき》君」

「足達です」

「ごめんごめん」

「いえ」

正路は、心の中で嘆息しつつも、特に気分を害しはしなかった。

小学生の頃、彼は身体が弱く、欠席が多かったこともあり、クラスで軽いいじめを受けたことがある。

以来、誰からもいじめられないことを行動の指針にしていたようなところがあり、その試行錯誤が生み出した結果が、「空気のような存在になる」だった。

いじめられることがない代わりに、誰からもその存在を気にかけてもらえない。

寂しく、虚《むな》しく感じつつも、内気な正路には、それがむしろ心地よい一面もあり、今もなお、人がたくさん集まる場では、つい自然に気配を消してしまうようなところがある。

（先生になかなか名前と顔を覚えてもらえないの、たぶん、僕のせいなんだよな）

苦い思いを嚙《か》みしめつつ、正路は質問したい問題を指で示した。

「この、〝no more than ～〟っていうフレーズの使い方が、いつもよくわからなくて」

正路がそう言うと、講師は「ははあ」と、明るく笑った。

「クジラ構文だね。みんな躓《つまず》くとこよ」

「クジラ……構文？」

耳慣れない言葉にキョトンとする正路の横に、持って来たパイプ椅子を据えて腰掛けた講師は、ワイシャツの胸ポケットからボールペンを出し、正路が机に広げていた大学ノートを自分のほうへ引き寄せた。

サラサラとペンを走らせて書き付けたのは、英語の構文である。

A whale is no more a fish than a horse is.

「これこれ。見たことあるでしょ」

そう問われて、正路は曖昧《あいまい》に首を捻《ひね》った。

「すみません、知らない気がします。……ホエール……あ、クジラ」

「そう、クジラ構文っていうんだ。えっ、これまで見たことない？　嘘だろ。君、確か二浪じゃなかった？　これまで何を勉強してきたの。超有名だよ」

「す、すみません」

知らないことを学べてこそ予備校の意義があるというものだ。謝罪の必要などない局面なのだが、いかにも常識知らずを咎《とが》めるような口ぶりに、つい反射的に謝ってしまった正路は、軽い自己嫌悪に唇を噛む。

講師はそんな正路の忸怩《じくじ》たる内心に気づきもせず、いかにも慣れきった、立て板に水の口調で説明を始める。

「no more ～ than ……、ってのは、……でないのと同じく、～でない、って意味なんだけど、いい？」

「……は、い」

「わかってないなあ、その顔と声。まずは後半を見てよ。horse ってのは馬でしょ」

「は、はい」

「馬は魚じゃない。これ自明の理だよね？」

正路は、慎重に同意する。

「はい、確かに」

「それが和訳すると前半に来るんだ。そうすると？」

「……ええと、馬が魚でないのと同じく、クジラも魚では、ない……ですか？」

「そうそう！　一発で和訳できたじゃん。そういうことだよ。つまり、君がわかんなかった問題文は？　訳してみ？」

正路はまだ迷いながらも、他の生徒の勉強を邪魔しないよう、小さな声で答える。

「〝I can no more swim than fly.〟なので……えっと、『僕は空を飛べないのと同じく、泳げない』ですか」

講師は大袈裟《おおげさ》な顰《しか》めっ面《つら》で、人差し指を立て、軽く振ってみせる。

「ちっちっちっ、確かにさっきのクジラ構文と同じように訳してくれたけど、それじゃちょっと硬いでしょ。同じ意味合いでもうちょっと自然に訳してみ。トライアゲイン！」

「えええ……あ、はい」

やはり調子よく促され、いささか乗り切れず困ってしまいながらも、正路は一生懸命に考えて答えてみた。

「僕は、空を飛べないし、泳げもしない……？」

「ピンポーン！　ちょっと落ち着いて考えりゃ、ちゃんとできるじゃん！　やったね」

この予備校の講師たちは、基本的に「褒めて育てる」をモットーにしているようで、今、正路の隣にいる講師も、大袈裟に褒めて、正路の肩を親しげに叩《たた》いた。

「あ、ありがとう、ございます」

正路はペコリと頭を下げ、ふうっと息を吐いた。

だが、彼の安堵《あんど》は、五秒と続かなかった。

「おい。俺のものに気易く触れるな」

聞き覚えのある声がすぐ近くから聞こえて、正路は文字どおり数センチ、座ったまま飛び上がった。

「え？」

講師もまたギョッとして正路の肩から手を離し、即座に立ち上がって身構える。

「え……？」

正路は驚き過ぎて立てもしないまま、そろそろと視線を上げる。

まさかと思ったが、本当に、ブースのすぐ横に、険しい面持ちの司野が立っている。

（嘘、だろ）

いつの間に、というのは、妖魔《ようま》には野暮な問いかけだ。司野はその気になれば、まったく足音を立てずに移動することができると、正路はよく知っている。

「し、司野？」

「えっ、えっ、知り合い？　知り合いなの、この人？」

一歩、二歩とジリジリ後退しながら、講師は狼狽《うろた》えた声を出し、司野と正路の顔を忙《せわ》しく交互に見る。

ずっと静粛に学習を続けていた他の生徒たちも、ただならぬ気配に、それぞれのブースから顔を出し、正路のほうを見ている。

四方八方から突き刺さる視線に狼狽《ろうばい》しながらも、正路は司野に小声で囁《ささや》いた。

「ど、どうしたの？　どうしてこんなところに？」

するとと司野は、いつものぶっきらぼうな口調で平然と言い放った。

「用事がなければ、いちいち来るものか。出掛けるぞ。ついてこい」

「ええええ？　そんな話、今朝聞いてなかったよね⁉」

「急用ができた。早くしろ」

「急用って、いったい」

「いいから来い」

そう言うなり、司野は、まだ呆気《あっけ》に取られている正路の手首をグイと摑《つか》むと、そのまま廊下へ出て行こうとする。

「わあっ、司野、ちょっと待って」

「ちょっとちょっと、うちの生徒に何して……」

ようやく我に返った講師は、アワアワと手を動かして司野を制しようとするが、彼が全身から放っている剣呑《けんのん》なオーラに気圧《けお》されて、積極的なアクションはとれずにいる。

「あ、明石《あかし》君、その人、知り合いなの？」

「足達です！　あと、あの、はい、僕の……ええと、保護者？　です。司野、待って。鞄《かばん》だけ取らせて！」

正路はどうにかこうにか両足を踏ん張り、自由に動かせる片手でショルダーバッグにノートとペンケースを放り込んだ。

それを見届けるなり、司野は正路の手を掴んだまま、いつものスピードで歩き出す。

「すみません、失礼します！　お邪魔しました」

どうにかそれだけ皆に言って、正路は司野と共に……いや、司野に引きずられるようにして、廊下に出た。

「ちょっとあなた、勝手に中に入っちゃ困るって！　こんなところまで入り込んで」

「私は、お待ちくださいって申し上げたんですけど」

ようやく、受付の女子職員と、彼女が呼んだのであろう男性職員が息せき切って駆けつけてきたが、司野は彼らを綺麗《きれい》さっぱり無視して歩き続ける。

「すみません、ご迷惑をおかけして……」

正路は彼らにも謝ろうとしたが、司野の歩くスピードはまったく緩まない。すれ違う人たちからことごとく好奇の目を向けられながら、正路はとうとう、予備校の外まで連れ出されてしまった。

「ちょっと、司野。ホントにどうしたの？　みんな、ビックリしてたよ。それに、あんなこと言って」

「あんなこと？」

「あんなこと、だよ。『俺のもの』なんて……」

「お前が以前、表では『下僕』などという言葉を使うなと偉そうに主張したから、言い分を聞き入れてやっただけだ。文句を言われる筋合いはないぞ」

正路は、「あああ」と頭を抱えて、それでも弱々しく反論を試みた。

「そ、それはありがとう。でも、『俺のもの』は、ちょっと語弊がありすぎるんじゃないかと」

「何が語弊だ。忘れたとは言わせんぞ。お前は血の一滴、髪の一筋まで、余すことなく俺の所有物だ」

「それは重々承知してるけど……ああもう。とにかく、いったいぜんたい、どうしたの？　あと、そろそろ手を」

「ふん」

ようやく司野が手を離してくれたので、正路は紐《ひも》を摑んだままだったショルダーバッグを肩に掛け直しながら司野に訊《たず》ねた。

ずっと握られていた手首は、解放されてもジンジンと疼《うず》くように痛む。驚きが大きすぎて意識していなかったが、司野の手には相当な力がこもっていたようだ。

司野は、正路の質問にすぐには答えず、手を上げて、ちょうど通り掛かったタクシーを止め、さっさと乗り込んだ。

正路も、まったく事情がわからないまま、後部座席の司野の隣に乗り、安全ベルトを締める。

司野が運転手に告げたのは、新幹線が停まる駅の名だった。

「どこかへ出掛けるの？」

まだ動揺は続いているものの、ようやく人心地ついて、正路は改めて司野に訊ねてみた。

見れば、司野は商談に出掛けるときのようなスーツ姿だ。

「お店の……引き取り依頼か何かが入った？」

質問しつつも、「それはないか」と正路は心の中で思った。

下僕である正路を気ままに使い立てする司野ではあるが、こと勉学については、十分に時間が取れるよう、それとなく気遣ってくれている気配を、正路はよく感じている。

わざわざ予備校まで来て、授業を中断させて連れ出すなどという暴挙を、彼はこれまで一度もしたことがない。

（よっぽどのことが、起きたんだろうな）

正路がそう思いつつ待っていると、司野はいつものように、最低限の説明をした。

「神戸《こうべ》に行く」

「神戸!?　それって、兵庫県の神戸？」

「そうだ」

「ずいぶん遠出だね。何があったの？　っていうか、神戸で何をするの？」

「わからん」

「え？」

今度こそ啞然《あぜん》とする正路に、司野は短く嘆息して、もう少し具体的に答えた。

「大造さんには、妹がいる。あの夫婦にとっては、ただひとりの身内と呼べる人間だった」

今朝の会話を思い出し、正路は「そうなんだ？」と、ショルダーバッグを膝《ひざ》の上に抱えて先を促した。

「妹を案じた大造さんに頼まれて、あの女に何かあったら、俺のところに連絡が来るようになっている」

「それって、まさか。何かあったの、その人に？」

「病院から先刻、電話がかかってきた。今日の早朝、あの女が緊急入院したと。面倒だが、大造さんとの約束だ。この目で、病状を確認せねばなるまい」

ようやく事情の一端を理解した正路は、優しい顔を曇らせた。

「それは心配だね。病状は聞いた？」

「詳細は、行ってこの目で確かめれば済むことだ。電話で長々話し込むほど無駄なことはなかろう」

「……司野らしい、そういうとこ」

正路は苦笑し、タクシーのシートにようやく落ち着いて背中を預けた。

「そうか、それで慌てて予備校まで迎えに来てくれたんだ」

「……慌ててなどいない。だが、万が一、のんびり出向いて死にでもされると厄介だからな。後始末についての指示を、この際、本人から聞いておくべきだろう」

「また、そういう縁起でもないことを言う！」

「当然のことだろう。弔いのことや身の回りの始末のことを、本人の意向を聞かずに適当に片付けたのでは、大造さんに申し訳が立たん。俺は、約定を違《たが》えない妖魔《ようま》だ」

きっぱりとそう言って、司野は前を向いた。

その彫像のように美しい完璧《かんぺき》な横顔を見つめ、正路は「うん」と短く応じた。

（そうだな。司野は、僕との約束も守ってくれてる。僕が拒否してからは、無理やり押し倒すみたいな無茶は、せずにいてくれるもんな。たまに、「気を寄越せ」ってキスはされるけど、あれはキス……とかじゃなくて、たぶん、僕の口をただの蛇口扱いしてるっていうか、そういう……）

とはいえ、司野の氷のように冷たい唇の感触をうっかり思い出してしまうと、正路の心臓は、自動的に鼓動を速くする。

急に熱くなった頰をはたはたと扇《あお》ぎながら、正路はそこから意識を逸《そ》らそうと、わざと別の質問を口にした。

「それにしても、僕を連れてきてよかったの？　そんな大切なっていうか、パーソナルな用事に」

司野は顔を一ミリも動かさず、横目でジロリと正路を見た。

「俺の留守中に羽を伸ばすつもりだったのかもしれんが、そうはいかんぞ」

「そんなつもりはないよ！　雑用があるなら、いくらでもする。だけど、お邪魔じゃないかなって思っただけ」

　すると司野は、微《かす》かに嘆息して言った。

「邪魔なら、廊下にでも出せばいいだけのことだ。……どうも、病院というやつは、面倒な手続きが多すぎてかなわん」

「あー！」

　正路は、思わず手を打った。

「入院手続きとか、院内のレンタルの手続きとか、支払いのこととか、そういうの？」

　司野は頷《うなず》き、苦々しい口調で付け加えた。

「大造さんのときはヨリ子さんが、ヨリ子さんのときは俺が世話をしたが、面倒臭かった記憶が残っている。今日は、必要ならお前がやれ」

　正路は、微笑んで頷いた。

「わかった。僕、小さい頃は身体が弱くて何度か入院したから……勿論《もちろん》、色んな手続きは親にやってもらったんだけど、必要なものとか、不自由に思うこととかは、普通の人よりわかるかもしれない。役に立てそうなことなら、何でもするよ」

「ならば、まず、見舞いを」

「え？」

「見舞いの品をどうすればいいか、考えろ。大造さんは酒がいいと言って看護師に叱られ、ヨリ子さんは花がほしいと言った。あの女の望むものは、俺にはわからん。一般的には、何が適しているんだ？」

とりあえず、司野がお見舞いを持参するつもりでいることを知り、正路の笑みが自然と深くなる。

（いきなり「あの女」呼ばわりだから、あんまり親しくないのかなって思ったけど、一応、そういう気遣いはしたいくらいの間柄なんだ。よかった）

安堵《あんど》しつつも、別の懸念を抱きつつ、正路は司野に訊ねた。

「お見舞いの品って、最近は病院やその人の病状によって、いろいろと制限があったりするから」

司野はようやく正路を見て、形のいい眉《まゆ》をほんの少しひそめた。

「そうなのか？」

「うん。病院の名前、教えてくれる？　公式サイトを見たら、そのあたりのこと、書いてあるかもしれない」

すると司野は、特にメモを見ることもなく、神戸市にある総合病院の名を口にした。

「了解。ちょっと見てみるね」

正路は、自分のスマートホンで病院名を検索し、公式ホームページにアクセスしてみた。

「入院　お見舞いの方へ」という項目に、面会時間と共に、見舞客のマナーがあれこれと書かれている。

「騒がない、走らないって、子供じゃないんだから……。患者さんが動けるようなら、病棟各階ナースステーション前に面談スペースがあるからそこで、って書いてあるね」

「……そうか」

「お見舞いの品については……あ、やっぱりあった。お花は、水の交換が必要ないアレンジメントのみ可、だって」

「どういう意味だ？」

訝《いぶか》る司野に、正路は軽く首を傾げながら答えた。

「うーん、鉢植えは、昔は根がついてる、っていうのが、『寝付く』に通じるからダメなんだって、祖母から聞いたことがある」

するとと、てっきり「くだらん」と鼻で笑うと思われた司野は、「なるほどな」と小さく頷いた。正路はむしろ驚いてしまう。

「あれ、馬鹿馬鹿しいとか言わないの？」

すると司野は、真顔で答えた。

「人間は、言葉を操る生き物だ。そして、言葉は悉《ことごと》く呪《しゅ》だと、辰冬は言っていた」

亡き主《あるじ》の名を出すとき、司野はいつも、怒りと恨みの中にそこはかとない懐かしさが入り交じった声を出す。それは正路の勝手な印象だが、おそらくまったくの間違いではないだろうと彼は感じている。

「しゅ？」

「呪。まじないだ。込める思いが陽であれ陰であれ、それは言葉を投げかけられた相手に、何らかの作用を及ぼすものだと。ならば、根のついた植物を贈られ、『寝付く』ことを期待されていると感じるのも、また道理というものだろう」

「……なる、ほど」

「だが、普通の切り花ではいかんのか？」

「あー、たぶんだけど、切り花だと花瓶が必要でしょ。水替えも必要だから、シンクが汚れるとか、色々あるんじゃないかなあ」

「……ふん。やはり、厄介なことだな」

「公共の場だからね。それに、身体が弱った人たちがいる場所でもあるから、普通より気を遣わなきゃいけないんだよ。あ、あと、食べ物については、この病院は全般的にNGだって」

「そうなのか」

「うん。僕が子供の頃は、ゼリーとかアイスとか、そういう気が紛れるおやつは、主治医の先生がOKしてくれたらよかったんだけどね。やっぱり、好き放題なものを食べちゃうと、治療の妨げになることもあるからだと思う」

「厄介だな」

「確かに。入院生活っていうのは、どうしたって窮屈なものだよ。でも、早く治って早く帰れるなら、それに越したことはないから」

「帰れん奴も、少なくないだろう。不自由を強いられたまま死ぬのでは、割に合わんな」

「またそういう、返事のしにくいこと言う！　だけど……うん、それもわかる」

正路は軽く頷いて同意し、少し考えてからこう提案した。

「とりあえず今日は手ぶらで行って、病室で、入院生活に不足しているものがあったら、買ってきて差し入れするってのはどうかな。ご本人しか気づけないことがあるだろうし、緊急入院っていうくらいだから、十分な準備もできなかっただろうし」

「なるほど。やはり、人間のことは、人間に考えさせるに限るな」

珍しくストレートに感心した様子でそう言い、司野は窓の外に視線を向けた。

正路は、スマートホンをバッグにしまい込み、ようやく隣にいる司野を、落ち着いて見やった。

仕立てのいいスーツを着込んだ司野は、やはりファッション雑誌から抜け出してきたように格好がいい。

長い脚を組み、車の窓枠に頬杖《ほおづえ》をついた姿勢などは、そのままグラビアにしてもいいほど絵になっている。

　窓から射す午前の陽光が、司野の軽くウェーブをつけた髪に照り映えて、その美しさに、正路は細く長く、感嘆の息を吐いた。

（大造さんの妹さん……どんな人なんだろう。病状が軽くて、少しでもお話しができたらいいな。あっ、そうだ。さっきのサイトで、入院手続きのところ、読み込んでおこう。ご本人は何もできなかっただろうし、代わりにできることは全部やれるようにしておかなくちゃ）

　何やら思索に耽《ふけ》っているらしい司野の邪魔をしないよう、正路はしまい込んだばかりのスマートホンを、もう一度引っ張り出した。

　そして、ご主人様の期待どおりに下僕の役目を果たせるよう、再び病院の公式ホームページを開き、「入院について」の項目を、端から丁寧に熟読し始めたのだった。

二章　再びの旅路

新幹線で新大阪《しんおおさか》駅に到着したのは、午後二時過ぎだった。

距離的には新神戸《しんこうべ》駅で降りたほうが近いのだが、在来線への乗り継ぎについては、新大阪駅からのほうが圧倒的に楽なのである。

三十分ほど在来線に乗り、そこからはタクシーで十分足らずという、思いのほか楽な移動を経て、二人は目的の病院に辿《たど》り着いた。

「神戸は、海と山が近いって聞いてたけど、少なくとも山は凄《すご》く近いね。駅を出てタクシーに乗って、すぐ急坂だったもん」

正路は病院のエントランスでそんなことを言った。

司野も、初めての場所とは思えないほど自信に溢《あふ》れた足取りで歩きながら同意する。

「そうだな。確かに、健康を損ねた状態の人間が向かうには、過酷な場所だ」

「ね。でも、表にシャトルバスっぽいのが停まってたから、きっと送迎があるんだよ。さてと、入院患者さんがいる病棟は……」

「東館と聞いている。あっちだ」

あまりにも迷いのない足取りに、正路は驚いて司野に訊《たず》ねた。

「ここ、前に来たことがあるの？」

「ない」

「でも、病棟の場所とか、凄く詳しいみたいだから。建物はいくつもあるのに」

「さっき、自動ドアを入ったところに、院内の見取り図があっただろうが」

「えっ、ホント？　気づかなかった。っていうか、見られたの、ほんの一瞬じゃない？　司野、凄いスピードで歩いてたし」

「一秒も見られれば十分だろう」

「さ、さすが妖魔《ようま》。フロアは聞いてる？」

「病院から電話を受けたときに聞いた」

会話をする間も、司野はスタスタと外来患者を避《よ》けながら歩いていく。ここで彼を見失ってしまえば、二度と会えない気すらする正路は、大慌てでご主人様のスッと伸びた背中を追いかけた。

そんなわけで、あっという間に、二人は東館二階の病棟に辿り着いていた。

司野がナースステーションにいる看護師に声をかけられ、話をしている間、エレベーター近くに掲げられた院内見取り図を見て、正路は盛んに首を捻《ひね》った。

駅からの道のりで、この病院がかなりの傾斜地に建っていることはわかっていたが、そのおかげで、階数表示が少し複雑なことになっている。

(そうか、最初に入ったエントランスが、一階じゃなくて三階ってことになるのか。だから、二階なのに、エスカレーターを降りることになったんだな)

少しでも、病院の構造を頭に入れておこうと正路が頑張っていると、司野が戻ってきて、長く続く廊下を指さした。

「あっちだ。ちょうど、昼食後で検査や診察の予定がない時間帯らしい」

「よかった！　ご本人に面会可能なんだね？」

「まったく問題ないと言われた。ならば、わざわざ俺を呼びつけずとも……」

「そんなこと言わないで。せっかく来たんだから、笑顔でお見舞いしてあげてよ」

「理由もなく笑えるか。愛想笑いなどというくだらん人間の作法は、お前に任せる」

「愛想笑いってわけじゃないし……何より僕にとっては、一度も会ったことのない人なんだけどなあ。それこそ、顔が強張《こわば》っちゃいそう」

正路は、生来の引っ込み思案が顔を出し、早くも緊張の面持ちになって呟《つぶや》いた。

何しろ、先代店主夫婦にも会ったことがない正路である。その妹となると、どんな人物像を頭に描いて会えばいいかすらわからない。

(でもまあ、面会できるって聞いて、少し安心した。物凄《ものすご》くお加減が悪いわけじゃな

いみたいだし）

相変わらず、自宅内のようなスピードで歩く司野が入っていったのは、通路の中ほど左側にある四人部屋だった。

奥の窓際にあるベッドに歩み寄り、「来たぞ」と短く声をかける。

（病院でも、やっぱり挨拶《あいさつ》の風習はなかった……！）

ある意味、筋の通った主《あるじ》の行動に感心したり呆《あき》れたりしながらも、正路は司野の隣、やや後ろに立ち、ベッドの主にまずはお辞儀をした。

頭を上げた正路の目に映ったのは、いかにも病室らしい白い壁、明るい木目のヘッドボードが印象的なベッド、白いカバーがかけられた寝具、そしてそのベッドの上にいる、ひとりの高齢女性だった。

（あれ、予想とちょっと違うかも）

自分の無礼な感想を心の中で咎《とが》めつつも、正路はいささか驚いて目をパチクリさせた。

自宅の茶の間にある茶簞笥《ちゃだんす》の上には、いつも、店主夫婦の写真がさりげなく置かれている。安っぽいフレームから想像するだに、司野ではなく、本人たちが旅行の記念か何かでそこに飾ったのだろう。

通りすがりに毎日のように見ているので、正路にとっては、一度も会うことができなかった人たちではあるが、その容姿は頭に入っている。

夫婦はだんだん似てくるとはよく聞くことだが、確かに大造さんもヨリ子さんも、身体つきがふっくらしていて小柄で、笑顔が明るく優しい人たち、という印象だった。

しかし、目の前で、少しベッドの上半身を起こして、枕に頭を預けて横たわっている人物は、あからさまに胡乱《うろん》げな顔つきで司野を見ている。

布団から出ている胸元から上を見る限り、そう大柄ではないが、どちらかといえば痩《や》せ気味で、目鼻立ちがクッキリしたやや濃い目の顔立ち、そして、見事なグレイヘアをベリーショートに整えている。

年齢は七十代後半から八十代前半くらいだろうし、入院中の誰かを指して使う言葉ではないが、つい「矍鑠《かくしゃく》」という言葉が頭をよぎってしまう正路である。

(なんだか、かっこいい人だな)

正路が自己紹介の機会をおそるおそる窺《うかが》っていると、女性は、こちらもまさかの挨拶抜きの仏頂面で司野を見た。

「こっちが気分悪うて目を回しとるときに、病院の人に、身元引受人が必要やから、いるんやったらすぐ連絡します、とか何とか、ややこしいこと言われてねえ。ひとりぼっちで野垂れ死にされたら困るからやろね。友達はいるけど、身元引受人を頼んだら、さすがに迷惑でしょ。それで、司野君を呼ばんと仕方がなかったんよ。呼びたくなかったんやけど」

落ち着いた、やや低い声質だが、迫力のある早口の関西弁である。

(あれ、こっちの人？　大造さんって、関西の人だったんだろうか。っていうか、司野君！　君って言った！)

感情が大忙しの正路をよそに、司野もベッドサイドに突っ立ったまま、不愉快そうな顔と口調で言い返す。

「俺なら、迷惑をかけてもいいと？　俺とて、こんなところまで来たくはなかったぞ」

「だって、司野君は、兄から私のことを頼まれとるんやろ？」

「頼まれたのは、あんたの死後の始末だ。まったく。緊急入院などと言われたから、すぐにでも死ぬのかと思って来てみれば、そんな気配は微塵《みじん》もないな」

「ちょ、ちょっと！」

確かに、心配していたほど容態は悪くなさそうだが、とはいえ入院患者相手にその物言いは、司野らしいとはいえ、一般的にはなかなか剣呑《けんのん》である。

それぞれのベッドにいる他の入院患者たちも、カーテンの向こうでこちらの様子に聞き耳を立てている気配が感じられる。

慌てて司野のジャケットの袖《そで》を引いた正路をジロリと見て、司野はすぐに女性に視線を戻した。

「で？　何があった？」

女性のほうも、司野の言葉に特に傷ついた様子もなく、ポンポンと言葉を投げ返す。

「何かあったんは、何ヶ月も前らしいわ。さっき、退屈やから思い出してたら、そういうたら、三ヶ月くらい前、台所で零《こぼ》れた洗剤に滑って転んで、頭打ったなあ、て。それが原因かもしれへんって、さっきナースさんが言ってた」

「よくわからんが、人間の脳は、三ヶ月かけて腐るのか？」

「腐ってへんよ！　ちょっと血が出ただけや。なんて言うたっけ、膜の下なんとかっていうの。何しろ、脳の外側で細い血管が傷んでしもて、ジクジク出血し続けてたんやって。そんで、その血の塊が脳を圧迫して……」

「腐った」

「腐ってへんて言うてるやろ！　ちょっと押されて酸欠になってただけで、腐るまではいってへんの！　ほんまに人聞きの悪いことを平気でポンポン言うところ、久し振りやけど全然変わってへんね」

「それで？」

特に何の感慨もなさそうに、ごく事務的に情報を集めにかかる司野に、女性もまた、世間話のような口調で話を続ける。

「私、毎朝、アパートの玄関周りの掃除をしてるんよ。まあ、ボランティアみたいなもん。それで、箒《ほうき》とちりとりを持って外に出たら、目の前がぐるんぐるん回って、気持ち悪うなって、そのまま倒れてしまったみたい。ちょうど部活の朝練に行こうとしてた高校生の子が通り掛かって、見つけてくれてねえ。それで」

「病院に搬送されたというわけか」

「そう。ありがたいことやわ。退院したら、その子の高校にお礼に行かんとね。それで、検査をあれこれしてくれたんやけど、しばらく入院して、この一日二日はお薬を入れながら、様子をみましょうって。まだ血の塊が大きくなるようやったら手術やけど、それもそんなに大袈裟《おおげさ》なもんと違うらしいわ。頭にちょっと穴空けて、血の塊を取るだけって。全身麻酔も要らんて聞いた」

「ふむ」

「でも、そうでもなさそうやったら、お薬だけで済みそう」

「話を聞く限り、とんだ呼ばれ損だな」

「それはそうかもしれんけど、まあ、たまにはいいやないの」

「何がいいものか」

二人のやり取りを、司野の背中に少し隠れるように立って、正路はただ圧倒されつつ聞いている。

（どうにも激しいやり取りだけど、妙に息ピッタリだな。お笑いコンビの掛け合いみ

たいだ)

そんな呑気な感想を胸に抱いていた正路は、急に女性に「それで、その子は誰?」と問われて、ビクッとした。

また司野に「下僕」などと紹介されてはたまったものではないので、慌てて、道中考えていた自己紹介の文句を口にする。

「足達正路と申します! 『忘暁堂』で、働かせていただいてます」

そう言って改めてペコリと頭を下げると、女性は意外そうに、切れ長の目をパチパチさせた。

「ええっ? バイト店員君をこんなところまで連れてきちゃったの、司野君」

「いえあの、バイトではなく……」

「これは、俺の助手だ。俺の行くところ、用件が何であろうと、どこへでも連れていく」

「そ、そういうことです。あの、はじめまして」

女性はまだポカンとしていたが、それでも正路に挨拶《あいさつ》を返してくれた。

「はあ、はじめまして。ああ、そうやわ。自己紹介もしてなかった。橋本千栄子《はしもとちえこ》です。『忘暁堂』の前の主人の大造の妹。そう、助手さんやったの」

「はい。あの、このたびは大変でしたね」

正路がおずおずとそう言うと、女性……千栄子は、初めて笑顔になった。

なるほど、笑うと、大造さんの笑顔に少し似ているかもしれない、と思いつつ、正路は、顔色こそ冴《さ》えないが、病の床でも不思議な頼もしさのある千栄子の顔に、つい見入ってしまう。

「ありがとうございます。えらい遠くまで、ご足労をおかけして」

「おい。それはまず俺に言うべきだろう」

「はいはい。それにしても、助手を雇えるなんて、えらい羽振りがようなったね。店、うまいことといってるの」

「何を指して『うまいことといってる』と定義するのかわからんが、経営は安定している」

「それはようございました」

おどけて千栄子が言い返したとき、看護師が病室に入ってきて、司野に声を掛けた。

「あの、主治医の先生、所用でこちらにおいでになるので、会われますか？　あと、いくつか書類の作成をお願いしたいので、ナースステーションまでお越しください」

頷《うなず》きはしたが、司野の端麗な顔には、でかでかと「面倒臭い」と書いてある。

「僕、一緒に行こうか？」

正路は気を回してそう申し出たが、司野は「いや」と短くそれを拒否した。

「俺ひとりで事足りる。お前はここで、雑用でもしてやれ」

そう言うと、千栄子に一言かけることすらせず、司野は看護師について病室を出て行ってしまう。

（えええ……僕、初対面の人とふたりきりにされちゃった）

無論、最初から雑用係を務めるつもりではいたが、こうもスピーディに置き去りにされるとは予想していなかったので、内気な正路はたちまちドギマギしてしまう。

しかし千栄子は、むしろ司野がいなくなってリラックスした様子で、ようやく枕元の椅子を指し示した。

「まあ、座ってちょうだい。入院したばっかりやし、私はまだ好きに飲み食いしたらいけないから、冷蔵庫が空っぽなのよ。お茶も勧められなくて悪いけど」

「あ、いえ。こちらこそ、病院の決まりとか、ご病気の様子とか、色々わかってからお見舞いの品を……と思って、手ぶらで来てしまってすみません。あの、きっと急な入院でご不自由だと思うので、何か必要なものがあったら言ってください。下にきっと売店があるから、買ってきます」

正路は相変わらず立ったままそう言ったが、千栄子は首を横に振り、枕元のロッカーを指さした。

「それがねえ、この病院、入院生活に必要なもんは、全部レンタルできるのよ。当座は困らないわ。それに、スタスタ歩けるんやから、自分で買いに行けるしね。買い物は主婦の楽しみなんよ」

それより座って、と重ねて促され、正路はおずおずとパイプ椅子を開き、腰を下ろした。

「主治医の先生に、『言語障害はないですか？　頭がぼんやりしたり、考えがまとまらなかったりしませんか？』って訊《たず》ねられたけど、そんなんお喋《しゃべ》りしないとわからないでしょ。ちょっと調べがてら、話し相手をしてよ」

「あ……は、はい。僕でよろしければ」

正路はまだ落ち着かない様子で、肩から下ろしたショルダーバッグを膝《ひざ》に置き、その上に両手を乗せた。

千栄子は、ベッドテーブルの上に置かれた、安っぽい樹脂製の湯呑《ゆの》みを取り、「お茶と違うんよ、お白湯《さゆ》」と苦笑いして、まずそうに一口飲み、それから正路を見た。

「それで……ええと、青木君？」

「足達です」

今朝もこんなやり取りがあったと奇妙に思いながら、正路は控えめな口調で訂正する。千栄子はカラリと笑って「ごめんごめん」と謝った。

「足達君。あなたはいい子やねえ。苦労してるでしょ、司野君の下じゃ。相変わらず、愛想も素っ気もない子よね。何を考えてるか、さっぱりわかんないでしょ？　どうやって知り合ったん？　求人情報か何か？」

正路は、どこまで千栄子に話したものかと迷いつつも、一応、必要最低限の言葉で説明を試みた。

「いいえ。僕が交通事故に遭って死にかけてたとき、助けてくれたのが、し……辰巳さんだったんです。そのご縁で、お店で働かせてもらうことになって、今は住み込みで」

「住み込み！　あのボロ家に！　そらまたさらに大変やわ。リフォームとかしてないんでしょ、どうせ。若い子にはつらいはず」

正路は笑って首を横に振った。

「いいえ。僕は好きです」

「本当に？」

はい、と頷きながら、正路は、千栄子の言葉が生粋の関西弁というより、関西弁と標準語が入り交じった、何やら不思議な感じの言葉遣いであることに気づき、素直な疑問をぶつけてみた。

「あの、橋本さんは……」

「千栄子でええよ。みんな、ちえちゃんて呼ぶから、それでもいいし」

「じゃあ、千栄子さんは、関西の方なんですか？　大造さんも？」

正直、自分と司野の関係を深掘りされることを避けるための話題転換だったのだが、千栄子は楽しげに答えた。

「ううん。兄も私も、育ちは茨城。私はサラリーマンやった夫の転勤で、二十代でこっちに越してきてねえ。それからずっと神戸住まい」

「そうなんですか。関東が恋しくなったりしませんでしたか？」

正路の問いに、千栄子は笑って首を横に振った。

「全然。なんだか、こっちのほうが水が合うっていうか。十四年前に亭主が死んでから、兄はしょっちゅう戻ってこいって言ってくれたけど、友達もいるし、こっちがいいのよ」

「住めば都、ですね」

「そうそう。言葉もすっかりまぜこぜになってしまったわ。友達からは、にせもんの関西弁言うてからかわれるけど」

「いえ、とてもお上手っていうか、交ざり方が自然です」

「ありがとう。……あーあー、兄とヨリ子さんが家に入れたんが司野君じゃなくて、足達君みたいな子やったら、私も安心やったのに」

そんな千栄子の嘆きに、正路は心配そうに問いかけた。

「あの、千栄子さん、は、辰巳さんのこと、お嫌いなんですか？」

探るような質問に対する千栄子の返答は、明快だった。

「嫌うほどつきあいはないわ。こんなに遠くに住んでるしね。でも、最初、あの子を家に置くことにしたって聞いて、私、さすがに反対したんよ。子供を引き取るんならともかく、どこの馬の骨とも知れん男を家に入れるなんて物騒すぎる、って」

「……それは、確かに。お兄さんご夫婦のことが、さぞご心配だったと思います」

慎重に言葉を探しながら相づちを打つ正路に、千栄子は我が意を得たりと軽く身を乗り出した。

「でしょ？　私の心配のほうが当たり前でしょ？　でも、二人とも聞く耳持たなくてねえ。『どうせ、盗《と》るものなんかない家だ』だの、『司野君はいい子よ』だのと口を揃えて庇《かば》っちゃって。気になって会いに行ったら、確かにビックリするような男前やけど、あの愛想なしでしょ。我が物顔でのさばってるし」

「あああ……」

当人に「のさばる」つもりなどなかったことは正路にはよくわかっているが、千栄子のようなごく一般的な人の目には、司野の態度が耐えがたく尊大に見えたであろうことも、想像に難くない。

「こんな愛想なしの失礼な子、お商売の家に置いてどうするんって。顔がいいから、のぼせ上がって騙《だま》されてるんと違う？　って言ってやったのよ」

「それは……」

「それから何度か、兄やヨリ子さんと電話で口論して、なんやちょっと気まずくなってしもてね。二人の晩年は、けっこう疎遠やったわ」

兄妹《きょうだい》の関係を悪化させた原因が司野だと知って、正路は思わず困り顔になってしまう。

「辰巳さんのせいで、そんなことが⁉」

「あったのよ。まあ、今にして思ったら、兄とはいえよその所帯のことに、小姑《こじゅうと》ヅラで口を出した私も悪かったわ。でも離れて暮らしてるから、余計に心配やったのよね」

「……わかる、ような」

司野を悪く言いたくはないが、千栄子の気持ちも少しは理解できる。正路の曖昧《あいまい》な返事に、千栄子はちょっと肩を上下させてみせた。

どうやら、少しばかり恥じらっているようだ。

「でも、兄のお葬式で、久し振りにあの家を訪ねてねえ。ヨリ子さんの傍に寄り添ってる司野君を見たとき、ああ、意外と怪しい子でも悪い子でもないんだなって、何となくわかったんよ。愛想はやっぱり、欠片《かけら》もなかったけど」

司野から今朝聞いたばかりの、大造の葬儀の日のことを語る千栄子に、今度は正路が思わず前のめりになる番である。

「辰巳さん、葬儀では喪主をしていたって聞いたんですけど」

「あら、そんな話までしてるん。あの子、足達君のことはえらい気に入ってるんやね」

「あ、いえ、そんな」

「ヨリ子さん、手足が不自由になってはったし、心配でそれからはちょくちょく電話したけど、そのたびに、『司野君がね』って、いっつも司野君の話ばっかり。ヨリ子さんにとっては、店を継いで、本当の息子みたいに世話してくれる司野君が、心の支えやったんやろね」

正路は、静かに息を吐いた。

初めて、司野以外の人から当時の話を聞いて、司野とヨリ子さんの穏やかな日々をより具体的に想像できたからだ。

「司野君の料理の腕が上達してきた、司野君が車椅子を押して散歩や買い物に連れ出してくれた、司野君が手を当ててくれたら、肩やら腰やらの痛いところがスッと楽になる。最後はもう宗教やんね」

そう言って笑い、千栄子は急にしんみりとした顔つきで付け加えた。

「ヨリ子さんが亡くなったとき、お葬式のあと、私、司野君に言うたんよ。いくら店を継いだ言うても、二人のお位牌《いはい》を他人に守らせるわけにはいかん、私が引き取る、て。お骨も、実家の近くに代々の墓があるから、私が納骨しに行くって」

「あ……！　それで、お店にお二人の位牌と仏壇がないんですね」

　ようやく真実を知った正路は思わず手を打ち、千栄子は小さく頷《うなず》いた。

「そうそう。そうしたら司野君、ニコリともせずに『道理だな』って言ったあと、なんて続けたと思う？」

「何て……言ったんですか？」

　千栄子は声をひそめ、内緒話でもするように、正路に囁《ささや》いた。

「あんたは独りだから、死んだあとの始末をつける人間がいない。万が一のときは頼むと、大造さんから言われている。あんたが死んだら形ばかりの葬式くらいは出すし、三人分の位牌も俺が回収する。安心しろ……やって」

（司野……！　言い方！）

　正路の表情から、焦りを感じとったのだろう。千栄子は「あはは」と声を立てて笑った。

「酷《ひど》い言い草やけど、落ち着いて考えてみたら、律儀な子なんよね。いくら兄夫婦が恩人や言うても、二人が死んだあとも店を守って、ほとんど他人の私のことまで……ねえ。あれで、気にかけてくれてるんやなと痛感したわ、今」

　千栄子は、照れ臭そうな笑みを浮かべた。

「まさか、こんなに早く駆けつけてくれるなんて、夢にも思わんかったのよ。さすがに来てくれへんかな、もしかしたら、週末に仕事の手が空いたら来てくれるかな、くらいに思ってたのに。本当に、口は悪いけど、愛想もないけど、律儀で真面目な子よ。色々あるやろうけど、それは知っておいてやってねえ」

「千栄子さん……」

「初対面のとき、本人を前にボロカス言ってしまったから、恥ずかしくて本人相手にはなかなか、ね」

「はい。でも、彼もきっと、感じてると思います。あと、僕も知ってます。し……辰巳さんは、とても優しいって」

「へえ」

正路の返事に興味をそそられたらしき千栄子は、具体的な「司野が優しかったエピソード」を聞き出そうと口を開きかけた。

だがそのとき、タイミングがいいのか悪いのかわからないが、司野が用事を済ませて戻ってきた。

「あ、どうぞ」

正路はすぐ立ち上がり、一脚しかないパイプ椅子を勧めようとしたが、司野は「要らん」とにべもなく断り、やはり立ったまま千栄子の顔を見下ろして、ボソリと言った。

「硬膜下血腫《こうまくかけっしゅ》」

「あ、それや、それ！　主治医の先生に聞いてきたん」

「それが、病名？」

さすがに自分だけ座るわけにもいかず、パイプ椅子を音を立てないよう畳みながら、正路は司野に問いかける。

「ああ。説明を聞いていた。やはり、しばらくは死にそうにないな」

「……またそういうことを。もう」

咎《とが》める正路を完全に無視して、司野は話を続けた。

「身元引受書は俺が書いてきた。あと、個室の空きがあるらしいから、移るなら手配する。金の心配はしなくても……」

しかし、千栄子はきっぱりとそれを撥《は》ねつけた。

「要らん。兄との約束は、私が死ぬときの始末だけやろ。そんなことに、大事なお金を使《つこ》うたらあかん。兄の遺《のこ》したお店と、足達君にお金を使い。今日はこんなとこまで引っ張り出したんやから、夜はいいもん食べさせたげてよ」

「言われるまでもない。こいつは、俺のげぼ……」

「それより！」

下僕とナチュラルに言いそうになった司野の声を咄嗟《とっさ》に打ち消し、正路は大慌てで言葉を探した。

「それより、えっと……えっと、何か……あ、そうだ。テレビ！　テレビ、あったほうがいいですよね。僕、レンタルを申し込んできます」

そう言って病室を出て行こうとしながら、正路は、千栄子と司野をそっと振り返って見た。

やり取りはどうにも刺々《とげとげ》しいが、二人の間には、それでいて、どこか穏やかな空気が流れているように、正路には感じられる。

(僕が手続きしてる間に、司野が「下僕」ってもう言いませんように！)

特に誰でもない「神様」に祈りつつ、正路は、できるだけ早足に、ナースステーションへ向かった……。

＊　　　＊

二人が病室を出たのは、午後三時過ぎのことだった。

病院の前のロータリーで再びタクシーに乗り込み、最寄り駅に向かいながら、正路はホッとした様子で言った。

「言語障害っていうの？　喋《しゃべ》りにくそうなところは全然なかったし、言葉もスラスラ出てたし、頭もキレッキレだったよね。脳のことだから安心はできないんだろうけど、でも、明らかにそういうところに症状が出ていなくて、よかったな」

「なんだ、それを確かめるために、喋り散らしていたのか。よほど意気投合したのかと思っていた」

窓の外に流れる景色を眺めながら、司野は素っ気なく返事をする。

正路は、苦笑いで言い返した。

「そこまでじゃないけど、サバサバしてて、いい人だと思ったよ。あと……おいとまするとき、千栄子さん、小さい声で『ありがとう』って言ってたじゃないか。司野は地獄耳だから、ちゃんと聞こえたでしょ」

すると司野は、正路をチラと見て、眉毛《まゆげ》を数ミリ上げた。

「あれは、お前に向けたものだろうが」

「違います！　あれは、司野に言ったんだよ。照れ隠しであんな感じだったけど、まさか司野が大急ぎで駆けつけてくれるなんて思わなかったって、感動してたんだから、千栄子さん」

「それは、あの女が黙って死んでしまっては厄介……」

「なだけじゃないでしょ。二人して意地を張らなくてもいいじゃない」

「意地など張ってはいない」

「はいはい」

下僕としては不遜《ふそん》極まりない態度だが、今の正路には、千栄子も司野も、仲直りがなかなかできずにいる子供二人のように思えてならないのである。

「下僕の分際で、偉そうに」

ムスッとした顔でそう吐き捨てると、司野は薄い唇をへの字に曲げた。

(むくれてる)

たまにこうした子供じみた表情を見せる司野が、正路にはおかしくて仕方がない。

齢《よわい》千を超えるご主人様に対して「可愛らしい」などという形容詞を使うのは不適切なのだろうが、そう感じてしまうのだから仕方がない。

とはいえ、あまりからかって、司野が本気で怒り出してしまっては厄介だ。

正路は、注意深く話題を変えてみた。

「もう、帰るでしょ。神戸はケーキとパンのレベルが凄《すご》く高いっていうから、ちょっとだけ買い物はしたいかな。時間、もらえる?」

すると司野は、「ああ」と小さな声を出し、真顔に戻って正路を見た。

「お前、この先に外せない用事はあるか?」

「外せない用事? ちょっと待って」

正路はスマートホンのカレンダーを確認し、司野を見た。

「ううん、予備校の講義はあるけど、基本、自習だから、外せないってほどじゃない」

「ならば、まっすぐ帰る必要もないか。……有馬《ありま》へ」

最後の一言は、運転手への指示である。

バックミラーで二人の、主に司野の様子を見ながら、中年男性の実直そうな運転手は、「有馬……有馬温泉でよろしいですか？」と復唱した。

司野は、ミラーごしに運転手と視線を合わせ、ごく僅《わず》かに頷《うなず》いて返事に代える。

正路はビックリして司野を見た。

「有馬温泉……って、この辺にあるの？　名前だけは知ってるけど」

その疑問には、司野ではなく、運転手が、やはりチラチラとバックミラーを見ながら答える。

「お客さん、ここからやったら、道さえ混まんかったら、三、四十分で行けますよ」

「三、四十分……」

つましい暮らしをしていた正路は、そんなに長くタクシーに乗ると聞くと、運賃を想像して震え上がってしまうが、司野は平然としている。

ここで経済的な心配をするのは、むしろ彼に失礼というものなのだろうと気持ちを落ち着け、正路は「そうなんですね」とやや引きつった笑顔で頷いた。

「でも、今から日帰り温泉、入れるかな。もうチェックインが始まってるから難しいんじゃない？　それとも、公衆浴場とか……」

「何故、日帰りの必要がある。泊まればよかろう。たった今、外せない用はないと言ったばかりじゃないか」

むしろ訝《いぶか》しそうに司野にそう言われ、正路はつぶらな目を丸くした。

「泊まる？　お宿に？　うん、用事はないけど……。いやでも僕、何も用意してきてないよ。司野だって」

「未開の地に赴くわけではなし、適当に買えばいいだけのことだ。宿にも最低限のものはあるだろう」

「それは、そうか」

「お客さん、有馬温泉にはコンビニもありますし、ひととおり何でも買えますすわ」

再び二人の会話に参加してきた運転手は、「ああ、そやけど」と、やはりミラー越しに心配そうな顔をした。

「何かあるんですか？」

「いや、平日やいうても、有馬温泉は人気やから、けっこう宿が埋まりますんでね。泊まるとこ、どっか決めてはりますか？　何やったら、今から有馬温泉の総合観光案内所っちゅうんがあるんで、そこに電話して宿を確保しときはったほうが……」

運転手の親切な提案に、正路はさっそくスマートホンを取り出そうとしたが、司野は冷ややかな無表情、いや、どちらかといえば、いささか馴《な》れ馴れしい運転手への苛《いら》立《だ》ちを眉間《みけん》のあたりに漂わせながら、ぶっきらぼうに、宿の名前らしきものを口にした。


正路は驚いて、片手にスマートホンを持ったまま、司野の横顔を見る。

「えっ、もうお宿、予約してるの？　いつの間に⁉」

だが司野は、やはり冷たい声音で言い放った。

「予約などしていない。だが、そこへ向かえ」

「あー……はい、はい。けど、お客さん……」

「何だ？」

さっきまでの親しげな態度はどこへやら、運転手は、今度はミラーを敢《あ》えて見ずにこう言った。

「その宿、なんちゅうか、昔からお偉い人たちの隠れ宿っちゅうか、そういう感じのとこなんで、いちげんさんや飛び込みは受けてへんですよ。大丈夫ですか、予約ないて言うてはりましたけど」

（えっ、そんなところ？　いくら妖魔《ようま》でも、さすがにそれは……）

オロオロする正路をよそに、司野は叩《たた》きつけるように運転手に言った。

「わかっている。構わないから行け。運転に集中しろ」

「あ……は、はいっ、失礼致しました！　向かいます」

決して大声を出したりはしていないのだが、苛立ったときの司野の声には、鞭《むち》で打つような鋭さと強い圧がある。

運転手はすっかり気圧《けお》され、必要以上にしっかりとハンドルを握り締めた。そしてそれ以降、決して後部座席の様子を窺《うかが》おうとはしなかった……。

街中を走り抜けたタクシーは、有料道路を経て、そこからは山道をぐねぐねと走り抜けたあと、ようやく有馬の温泉街に到着した。

なるほど、確かに約四十分のドライブである。

「このあたりが温泉街になります。お宿は街からちょっと外れてるんで、どうしはります？　先にここで停めて、お買い物とか……」

「妙な気を回さなくていい。宿へ」

司野の指示は短いが、運転手は競走馬のように「ハイッ！」と気合いの入った返事をして、ハンドルを切った。

「では、ご到着でございます」

乗ったときより遥《はる》かに恭しくそう言って、運転手がメーターを止めたとき、料金は七千円を少し超えていた。

司野が支払いをしている間、先に車から降りた正路は、周囲を見回して、少し不安げに溜《た》め息をついた。

運転手が言っていた「隠れ宿」という言葉が、なるほどこれほどしっくりくる宿を、正路はこれまで見たことがない。

温泉街を逸《そ》れ、細い山道をぐねぐねと走ったところにある宿は、鬱蒼《うっそう》とした木立に囲まれた、宿と呼ぶにはやや小さな、平屋の和風建築だった。

贅《ぜい》をこらしたという華やかさではなく、実にシンプルでクラシック、そして上品な外観だ。

玄関前には屋根付きのポーチがあり、タクシーを横付けにできるようになっている。

藍染《あいぞ》めの法被を着込んだ初老の男性従業員がひとり、中から出てきて、不審そうに正路に声を掛けた。

「お客様、もしやお宿をお間違えでは？」

丁重だが、警戒心と、若干の侮蔑《ぶべつ》……とまでは言わないが、いかにも「うちの宿には不似合いな人物」に対する感情がこもった問いかけである。

「あ……えと、その」

たちまち狼狽《うろた》える正路の肩に、ポンと司野の手が置かれた。そのまま、その手にずいと後方へ押しやられ、正路は、再び司野の背中を盾にするような立ち位置になってしまう。

「ここで間違いない。支配人はいるか」

従業員は、警戒心より、困惑の色をやや濃くしながら、それでもやはり丁寧に、司野に応対しようとした。

「おりますが……本日、どなたからもご予約は入っておりません。当館は、準備の都合などもございますので、飛び込みのご宿泊はお断りを……」

「いいから繋《つな》げ。これを」

司野はジャケットの胸ポケットから名刺入れを取り出すと、分厚い和紙に「忘暁堂」という店名と、彼の氏名だけが活版で印刷された、実用性に乏しい名刺を一枚出し、片手で従業員に差し出した。

「あ……は、はあ。では頂戴《ちょうだい》致しまして。恐れ入りますが、しばらくこちらでお待ちください。決して、中にお入りにはなりませんよう」

恭しく両手で名刺を受け取った従業員は、そう厳しく釘《くぎ》を刺し、小走りで建物の中へと入っていく。

「司野、やっぱりこのお宿は無理だったんじゃない？　なんかいかにも場違いな奴らが来たって顔、されちゃったよ」

正路は不安になって、司野にそう言ってみた。

辺りは、そろそろ夕焼けの色に染まりつつある。日没後は、ここはおそらく漆黒の闇に包まれるのだろう。

妖魔である司野は平気だろうが、正路には、その暗さを想像しただけで、なんとも恐ろしい。

だが司野は、どこか懐かしそうに辺りを見回し、トラウザーズのポケットに軽く両手を突っ込んでこう言った。

「このあたりの風情は、いつになっても変わらんな。温泉街の様子は、まるで異国を見るような心持ちだったが」

どこか懐かしそうな司野の声音に、正路は「えっ?」と声を上げ、彼に歩み寄った。

「もしかして、前に来たことがあるの? 前ってのは……その、まさか、平安時代?」

司野はさも当然といった様子で頷《うなず》いた。

「ああ。俺の主《あるじ》、辰巳辰冬の湯治につきあって、何度か訪れたことがあった」

「有馬って、そんな昔から温泉あったの?」

驚く正路に、司野は常識を語る口調で告げる。

「真偽のほどは知らんが、辰冬は、ここの湯を見出《みいだ》したのは、大巳貴命《おおなむちのみこと》と少彦名命《すくなひこなのみこと》だと言っていた」

「そ、それって、古代の神様ってこと? えっ、待って。神様って温泉入るの⁉」

ますます驚く正路に、司野はいかにもつまらなそうに、靴の先で軽く砂利敷きの地面を蹴《け》った。

「知らんが、神であろうと、湯に浸《つ》かることくらいはするだろうよ」

「そういうもの？　よその神様も、お風呂《ふろ》大好きだったりするのかな」

「知らん。だがまあ、人間で言うならば、舒明《じょめい》天皇、孝徳《こうとく》天皇あたりもここの湯を愛したと聞いたぞ」

「……日本史の授業で聞いた名前、かな。うっすら記憶がある。そうなんだ、凄《すご》いね。それが今まで続いてるんだね」

「いったん荒廃したものを、行基《ぎょうき》和尚が建て直したとも言うな」

「行基？　あの、大仏建てた人？」

「ああ。清少納言《せいしょうなごん》も、『枕草子《まくらのそうし》』に有馬の湯のことを書いている」

「うわあ……。歴史上の有名人のオンパレードじゃん。凄いな。ちょっとクラクラしてきた。由緒正しき温泉地なんだね」

有馬温泉のきらびやかな歴史と、司野の博識ぶりの両方に感銘を受け、本当に少しよろめいた正路の目に、さっきの足取りとは打って変わって、転げるように外に出てきた従業員の姿が見えた。

その後ろには、こちらはもう少し落ち着いた足取りながら、それでも急いでいることが明らかなスピードでこちらに向かってくる、司野に負けず劣らず生地は上質な、しかし地味なスーツを着た男性がいる。

(誰だろ、あの人)

「辰巳様、たいへん、たいへん、大変失礼を致しました！」

上擦った声で叫ぶように言うと、法被姿の男性は、司野に深々と頭を下げた。

そこへ、追いついてきた男性もやってきて、いきなり司野に右手を差し出した。

「タツミさん！　ようこそ、ようこそ！」

少し癖のある発音を訝《いぶか》しく思った正路がよく見ると、男性は、栗色の髪に、緑色の美しい目をしていた。

(外国の人だ！)

驚く正路をよそに、司野は平然とその男性に声を掛けた。

「以前、いつでも来ていい、一流の宿は、急にやってくる上客のために常に部屋を空けておくものだ、と言っていたな。試しに来たぞ」

それを聞くなり、外国人の男性は、人懐っこい、彫りの深い顔じゅうをクシャッとさせるような笑顔を見せた。

「はい、おっしゃるとおり。そしてタツミさんは、タイセツなお客様です。タツミさんのためのお部屋は、ここにはいつもございますよ」

そう言うと、男性は正路に視線を向けた。司野は、男性に正路を短く紹介する。

「足達正路。俺の助手だ」

「おお、アシスタント。アンリ・ヨシダです。はじめまして、アダチさん」

流暢《りゅうちょう》な日本語で自己紹介して、男性……アンリは正路ともしっかりと握手をした。

「わたし、フランスから参りまして、こちらの宿にムコイリを致しました。今は、シハイニンを務めております」

ところどころ、単語は少したどたどしい発音になるものの、見事な言葉遣いである。

「はじめまして。よろしくお願いします」

立て続けに初対面の人と会う羽目になり、またしても正路の心臓はバクバクと鼓動を速めたが、アンリはリラックスした笑顔のままで、両手を軽く広げた。

「タツミさんには、この宿を救っていただきました。宿の、イノチの、オンジンです。あなたのことも、大歓迎いたします。さ、どうぞ」

アンリの言葉に呼応するように、遅れてやってきた数人の和服姿の女性従業員が、司野と正路の僅《わず》かばかりの荷物をやんわりと奪うように受け取り、そのまま建物の中へと誘《いざな》ってくれる。

(どうしよう。司野はスーツだし、かっこいいし、堂々としているから、この宿にいかにもふさわしい。でも、僕は予備校に行くための普段着だし、気品もないし、ああ……どう考えたって場違いだよ。宿の人も、ほんとは僕なんか泊めたくないだろうな)

　ロンドンで、西洋の一流ホテルには少しくらい慣れた正路ではあるが、和風旅館となると、話はまったく別だ。

　自分のみすぼらしさが恥ずかしくて、つい猫背気味になりつつ、正路は宿の建物に入った。

　畳の香りと、上品なお香の香りが入り交じる広い土間で、粗末なスニーカーを脱ぐと、それはさっきの法被姿の従業員により、奥へと運ばれていってしまう。

　なるほど、彼はいわゆる下足番兼ドアマンの役目を果たしているらしい。

　気持ちのいいスリッパに足を突っ込み、つい最近敷き替えたものか、まだ青みの残る畳の上を司野についてそろそろと歩きながら、正路は、今回の突発旅行も、ロンドン旅行同様に一筋縄ではいかなそうだと、やんわりした不安に包まれていた……。

三章　追憶と今と

「はあ、いいお湯だった……」

大浴場から暖簾《のれん》をくぐって出てきた正路は、浴衣《ゆかた》の胸元をパタパタさせながら、満ち足りた顔で息をついた。

どうやらさっき、下足番の男性が言っていた「今日は予約が一件も入っていない」というのは、怪しげな連中（つまり司野と正路だ）を追い払うための方便だったらしい。

大浴場には、数人の他の客たちがいて、タイル張りの室内浴槽や、外の日本庭園風の露天風呂《ろてんぶろ》、それにこぢんまりしているが本格的なサウナで、思い思いに静かな時間を過ごしていた。

大浴場といっても、宿自体が小規模なので、プールのように大きなわけではない。それでも、手足を伸ばしてもなお相当に余裕がある大きな浴槽、しかも手入れが行き届いた庭園を眺めながらの露天風呂は爽快《そうかい》だった。

（まだ、身体じゅうがほかほかしてるな。さすが、神様が見つけた温泉って感じ）

湯の効能が高いのか、調子に乗っていささか長く浸《つ》かりすぎたか、あるいはその両方か。とにかく全身が火照って、このままではせっかく入浴したのに、汗だくになってしまう。

せめて扇風機にでも当たっていこうかと、正路は辺りを見回した。

大浴場の前の広いスペースは休憩所兼待ち合わせ場所になっているようで、ベンチや、ソファーと見紛《みまが》うばかりの立派なマッサージチェア、それに無料のドリンクバーが用意されていた。

ベンチの前には、羽根がないタイプのシックな扇風機が、さりげなくセットされている。

（至れり尽くせりだな）

正路は嬉《うれ》しい気持ちで、「ご自由にどうぞ」という札が置かれたドリンクバーへ行ってみた。

水にフルーツやハーブ、野菜を入れた、いわゆるデトックスウォーターの類《たぐい》や、オレンジジュース、お茶、地元名物らしい炭酸飲料、それにアイスキャンデーまで用意されていて、正路は思わず目を輝かせた。

迷わず取ったのは、ミルク味のアイスキャンデーだった。側面に苺《いちご》のスライスが飾られているのが、なんとも可愛らしい。

先客の年配女性二人連れの邪魔をしないよう、彼女たちが満喫しているマッサージチェアを避け、ベンチの端っこに腰掛けた正路は、扇風機の心地よい風を頬に受けながら、冷たくて甘いアイスキャンデーを楽しんだ。

(そういえば、さすが超高級旅館、コーヒー牛乳は置いてないんだ。確かに、腰に手を当てて飲むって感じじゃないもんな)

そんなことを思いつつ、アイスキャンデーで中から、扇風機で外から冷やしていると、身体の中を渦巻くようだった温泉の熱が、少しずつ引いて、心地よくなってくる。

余裕が生まれたおかげで、休憩所に音楽が流れていることに、正路はようやく気づいた。

会話の邪魔にならない程度の、ギリギリまで控えめにしたボリュームなので、さっきまで意識に入ってこなかったらしい。

(邦楽……? たぶんこの笛、司野が時々吹いてる龍笛《りゅうてき》の音だな。ってことは、これ、雅楽なのかな。温泉旅館で雅楽が流れてるって、初めてかも)

神社でよく流れている、「越天楽《えてんらく》」という代表的な雅楽の曲だけは、正路も知っている。だが、今流れているのは、楽器こそ、篳篥《ひちりき》、龍笛、笙《しょう》といった素人の正路にも聞き取れる取り合わせだが、旋律がまったく違っている。

（知らない曲だなあ）

最後に棒にくっついたアイスキャンデーを慎重に前歯でこそげながら、正路がぼんやりと音楽に耳を傾けていると、マッサージチェアのほうから、女性ふたりのやり取りが聞こえてきた。

「ねえ、これ、カギロイ様の曲違う？」

「カギロイ様？」

「ほらぁ、今話題の、凄《すご》いイケメンの雅楽師さんやん」

「へえ、雅楽師さんでイケメン。いてはるんやねえ、そんな人」

「最近、テレビにも時々出てきはるんよ。私、ＣＤ買ったから知ってるねん。この曲、カギロイ様のオリジナルやわ。間違いない」

「えらい熱心なファンなんやね」

呑気《のんき》な会話を何となく聞きながら、正路もまた、音楽に耳を傾けてみた。

本当に、その雅楽師のオリジナル曲だとしたら、正路が知らないのも当然だ。

言われてみれば、テンポや旋律にどことなく現代的な要素を感じるが、それは素人の浅はかな思い込みかもしれない。

「それにしても、カギロイ様って、様付けするほど素敵なん？」

「素敵なんよ。平安貴族みたいなお衣装のときも、スーツのときもあるんやけどね、どっちも綺麗《きれい》で、歌舞伎役者みたいなんよ。音楽も素晴らしいし、あー、コンサート行きたいわ」

「行ったらええやないの」

「行かれへんのよ。チケットが取れへんの。即日どころか、一瞬で完売やって。主人の秘書たちが頑張ってくれたんやけど、駄目やったわ」

「あらまあ。ご主人のお仕事関係のつては？　お顔の広い人でしょう」

「頼んだけど、無理やって。関係者席も大人気なんですて」

「それはそれは。凄いねえ」

「凄いんよ。何しろ、失神コンサートやからね！」

「何それ」

(何それ！　失神コンサートって、本人が失神するってこと？　それともお客さんが？　どっちにしても物騒だな。雅楽のコンサートで失神なんて……そんなこと、あるんだろうか。曲が激しいからってことはないだろうし、きっと、よっぽどかっこいいんだな、そのカギロイ様って人)

　アイスキャンデーを食べ終えたこともあり、正路の意識は、ますます女性たちの会話に引き寄せられた。

　しかしそのとき、穏やかな声に「アダチさん」と呼びかけられて、正路はハッと顔を上げた。

「はいっ。あ、ああ！　ええと」

「アンリです。先ほどはどうも」

いつの間にか目の前に立っていたのは、夕方、突然訪れた司野と正路を快く迎え入れてくれた、この宿の支配人、アンリ・ヨシダだった。

今はジャケットを脱ぎ、ワイシャツとネクタイの上から、下足番の男性と同じ、宿の名前と紋が染め抜かれた法被を羽織っていた。

容貌《ようぼう》と服装が、まさに絵に描いたような和洋折衷で、それが不思議なほど自然に馴《な》染《じ》みあって、独特の雰囲気を醸し出している。

「お世話になってます」

正路は反射的に立ち上がろうとしたが、アンリはそれを片手で制し、「わたしのほうがお隣に失礼致しまして」と、正路の横に、適度な距離を空けて腰を下ろした。

「如何《いかが》ですか、当館は？　お気に召していただけましたか？」

シンプルに宿の感想を問われ、正路はまだほんのり上気したままの顔を、さらに赤くした。

「何もかもが素敵すぎて、僕、場違いで申し訳ない感じです。まさか、全部のお部屋が離れになってるなんて……」

「最初、小さい宿だとお思いになったでしょう」

アンリは面白そうにそう言った。正路も素直に同意する。

「はい。一組限定とか、そういうお宿なのかなって。隠れ宿だと聞いていましたから」

「そう、カクレ宿。だから全室、イッケンヤの離れなんです。それぞれにお庭とお風《ふ》呂《ろ》がありますから、カクレンボなさりたければ、誰にも会わずに過ごせます」

「本当にそうですね。純和風の素敵な平屋で……昔の映画の中にいるみたいです。テレビとか、ベッドとか、オーディオセットとかがなかったら、本当に昔にタイムトリップしたみたい」

正路がそう言うと、アンリは少し残念そうに同意した。

「そうなのです。ベッドは、お体の不自由なお客様もいらっしゃるので大事ですが、テレビやオーディオセットやWi－Fiは、本当はなしにしたかった。でも、お客様がそれだと困ってしまうのです。日本の方、何もせずにゆっくりすることが苦手です。かえってストレスになってしまう」

正路は、アンリの話に興味を持ち、頷《うなず》きながら相づちを打った。

「わかる気がします。何もすることがないと、僕もなんだか落ち着きません」

「その感覚、フランス人のわたしにはわかりにくいのですが、まあ、必要がなければ、使わなければよいだけですからね。ただ、わたしのこだわりで、テレビは扉の奥に隠してあります」

アンリはそう言ってふふっと含み笑いして、観音扉を開ける仕草をしてみせた。

若々しい笑顔だが、栗色の髪には白いものがそれなりに交じっているし、目尻《めじり》のしわも深い。おそらく、四十歳は過ぎているのだろう。

「ところで、タツミさんは？　まだお風呂ですか？」

アンリにそう問われて、正路は苦笑いでかぶりを振った。

「いえ、司野……辰巳さんは、他の人と一緒のお風呂に入るのはあまり好きじゃないらしくて、お部屋で温泉を楽しむそうです」

実際に司野が放った「有象無象と同じ湯に浸《つ》かるなど御免被る」という台詞《せりふ》を極力和らげて、正路は説明した。アンリは意外そうに緑色の目を瞬《まばた》かせ、それから面白そうに笑った。

「なるほど。タツミさんは、意外とシャイですね。いえ、『ミティキ』な方だから、そういうところもあるでしょう」

「ミティキ？」

「ああ、ええと……ミステリアス」

見事な日本語発音で言い直し、アンリは新たに大浴場にやってきたひとりの男性客を迎えるべく、立ち上がり、丁重に頭を下げて見送った。

それからもう一度座り直して、しみじみとした口調でこう言った。

「本当に、この宿がこうして皆様がたに楽しんでいただけているのは、タツミさんのおかげなんですよ」

正路は、このチャンスを逃すまいと、アンリに訊《たず》ねてみた。

「それ、どういうことなんですか？ このお宿のために、辰巳さんが何か……その、ミステリアスな、妖《あやか》し……ええと、ゴースト関係の事件を解決、したり、とか？」

それを聞いて、アンリは目を輝かせた。

「そうそう！ さすがアシスタント、アダチさんはよくご存じですね？ でも五年前、あなたはいなかった。タツミさんおひとりでした」

「はい、僕はこの春からなので。何があったか、伺っても？」

するとアンリは、マッサージチェアにまだ座っている女性客たちをチラと見て、声を低めてこう言った。

「ちょっと、夜のお散歩でも？」

どうやら、あまり他の客たちに聞かせたい話ではないらしい。正路は素直に応じて、アンリについて大浴場を離れた。

「と言っても、お庭はもう暗いので、館内のお散歩です。今日は、お二方を含めて、お客様は三組だけですから、おそらくどなたもいらっしゃらないかと」

そう言いながら、アンリが正路を誘ったのは、夕方、正路が最初に入った、フロントのある本館だった。

フロントはもはや無人で、カウンターの奥では、若い男性職員がパソコンに向かって事務作業中だった。

アンリと正路を見て即座に立ち上がった彼に、「飲み物を何か」とシンプルに言いつけて、アンリはカウンターの脇から一段下がったところにある部屋に正路を案内した。

「うわー！」

室内に一歩踏み込むなり、正路の口からは感嘆の声が上がる。

そこは十二畳ほどのそう広くない部屋だったが、何しろ天井が爽快《そうかい》なほど高い。そこから下がっている中世ヨーロッパ風の木製のシャンデリアが、なんとも重厚でシックな雰囲気を部屋に与えている。

何より正路を驚かせたのは、中央に置かれた大きなテーブルと、それを囲んで配置された様々な椅子、そして壁一面を塞《ふさ》ぐように存在する巨大な本棚と、壁面に埋め込まれた近代的な暖炉だった。

「素敵な部屋ですね……。図書館？」

「読書室ですね。やはり、どなたもいらっしゃらない。よかったです。どうぞ、お好きな椅子に」

アンリに促され、正路は大いに迷ったが、とりあえず近くにあった、木製のシンプルなデザインの椅子に腰掛けた。

「おお、ハンス・J・ウェグナーのチェアがお好みですか。いいですね。では、わたしも。こちらはアルネ・ヤコブセンの作品です」

椅子の説明を軽くしながら、アンリは正路の隣の椅子を軽く引き、腰を下ろした。テーブルに真っ直ぐ向かうのではなく、正路のほうに、軽く身体を向けた状態だ。

正路もまた、同じように座り直した。

「実はこの宿はずいぶん前に、焼けてしまったんです。そして、そのまま閉じた状態でした」

アンリは、静かに打ち明け話を始めた。正路は、腿《もも》の上に両手を置き、背筋を伸ばす。

「わたしはフランスで建築を学んでいて、日本の伝統的な木造住宅のネッレッツなファンでした。この宿の写真に憧《あこが》れて、日本に留学したとき、ここに来て、焼け跡にショックを受けました。嘘でしょうって」

憧れの宿の無惨な姿に打ちひしがれる、若き日のアンリの姿を想像して、正路は優しい顔を曇らせる。

「それは、つらかったですね」

「ええ、つらかった。その後、偶然出会ったのが、この宿の先代のアルジの孫娘でした。今の、わたしの奥さん、マユさん」

「それは、凄《すご》い偶然ですね！」

アンリは、指をパチンと鳴らしてウインクした。

「ノン、グウゼンではなく、ウンメイ、だと思っています。マユさんもまた、この宿、大好きで、復活させたいと思っていました。わたしたち、うんと働いて、宿なんかやめなさいって言うマユさんのお父さんを説得して、お金を貯《た》めて、集めて、借りて、やっと五年前、宿を建て直したんです」

正路は、館内を見回して、「道理で」と納得の声を上げた。

「凄く落ち着いた、古風な宿なのに、設備も家具も建物自体も、何もかもが新しく見えて、不思議に思っていました。そういうことだったんですね」

アンリは我が意を得たりと言いたげに深く頷いた。

「そういう風に、感じていただけて、うれしいです。そうしたかった。憧れの宿をそのままサイゲンするのは無理でした。もう、あんな建物を造れる技術を持つ人、見つかりません。モクザイも、ありません」

「ああ……。なるほど」

「でも、雰囲気は同じにしたかった。マユさんが、なつかしい、そう思う宿をセッケイしようと、わたし、頑張りました。でも、工事が始まったら、なんだか変なことが次々と起こりました」

「変なこと?」

正路が首を傾げたとき、さっきのスタッフがやってきて、テーブルに茶器をセットし、一礼して去っていった。

「おお、任せたら、いいものを持ってきましたね。どうぞ」

そう言ってアンリが勧めてくれた飲み物は、吹きガラスとおぼしき手作り感のあるグラスに、氷と共に満たされた、淡い金色の飲み物だった。

「いただきます」

軽く頭を下げ、ありがたくグラスに口をつけた正路は、「あ」と小さな声を上げた。まろやかな甘さと、ほどよい酸味。正路にとっては、久し振りに口にする、懐かしい味わいだ。

「これ、梅シロップを炭酸水で割ったやつですね。僕の祖母が、毎年梅干しと一緒に作ってました。梅干しは完熟梅で、梅シロップはまだ固い青梅で作るんです」

「おお、ご存じでしたか。わたしも大好きです。チョウダイします」

アンリも自分のグラスを取り、一口飲んでにっこりする。だがその笑みは、グラスをテーブルに戻すと同時に、拭《ぬぐ》ったように消えた。

「まずは、ええと何でしたっけ、そう、ジチンサイ」

「ジチンサイ……あ、地鎮祭ですね？　家を建てる前に、神主さんを呼んで……」

「そうです。その日に、グウジさんが来た途端、用意していたテントが燃えました。誰も、スモーキング、していないのに」

「ええ……」

「工事に入ってからも、職人さんが気味悪い、と言うんです。自分たちじゃない人影が現場をウロウロしている、とか。道具が、置いたはずの場所からどこかへ移動している、とか。ちゃんと安全な場所に置いたはずのものが、上から落ちてくる、とか。あと、『ココ』と耳元で気味の悪い声が聞こえると」

「ココ？」

アンリは悪戯《いたずら》っぽくチラと笑った。

「わたしの国の言葉では、『ココ』はココナッツ、または、かわいこちゃん、なんて感じの意味です。それがどうしたんだろうと思ったら、日本語では、『このバショ』という意味なのですね」

正路は、「ああ」と頷《うなず》いた。

「確かに場所を指す言葉ですね」

アンリは頷いた。

「人間の声ではない、とみんな言いました。バケモノがいる、と。スペクトル、ルヴナン、ファントゥーム……わたしは少しも信じてはいませんでしたが、工事現場に来たとき、わたしも聞きました。誰かの声。ココ、と言われました。小さな声なのに、ゾッとするほどハッキリ聞こえた。男の声、女の声、わかりませんでした」

半年前、轢《ひ》き逃げされて瀕死《ひんし》の重傷を負い、以後、妖魔《ようま》である司野と共に暮らしているせいで、最近では、怪異話のほうが、現実の人間の犯罪よりも恐ろしくないように思えてしまう正路である。

恐ろしそうに自分の腕をさするアンリとは対照的に、むしろ落ち着いて、正路は口を開いた。

「なるほど……。それで、辰巳さんに依頼を?」

アンリは頷いた。

「マユさんがお父さんに相談して、お父さんが、お祖父《じい》さんが宿をしていた頃によく来ておられた偉いお坊さんに相談して、そこから誰かと誰かと誰かを繋《つな》いで、タツミさんをご紹介いただきました」

「遠い……」

「はい、不思議なゴエン、です。タツミさんはここに来てくださって、敷地をしばらくウロウロして、敷地の隅っこに立って、『掘れ』とおっしゃいました。他に誰もいない日だったので、わたし、マユさんとふたり、掘りました」

「何か、出たんですか？」

「これは、ゴナイミツに」

アンリはそう言って正路の目をじっと見た。正路が何度か小刻みに頷いてみせると、彼は囁《ささや》き声で告げた。

「人の、骨。ここです」

アンリは、自分の腰、つまり骨盤のあたりを手で示した。

「！」

正路は驚きの声を上げそうになり、慌てて両手で自分の口を塞《ふさ》いだ。それから、アンリと同様にヒソヒソ声で訊《たず》ねた。

「それって、大変なことになったのでは？」

アンリは頷いた。

「すぐに、警察を呼びました。殺人事件が、ここで、と私もマユさんも真っ青になりました。宿、もう無理と思いました。ですが、違いました」

「え？　事件じゃなかったんですか？」

「あとで警察の人が来て、行方不明の届けが出ていた人だとわかりました、と教えてくれました。十年も前、山登りに行くといってそのままいなくなってしまった、男の人。きっと、遭難して山の中で死んでしまって、身体は動物が食べたのでしょうと」

「……ああ……」

「骨は、野犬がくわえてきて、あとでまた食べようと埋めたのかもしれない。DNAで検査ができたんだそうで、骨ひとつだけでも帰ってきて嬉《うれ》しいと、ご家族からお礼のお手紙をいただきました。悪いことではないですが、気持ち悪いと思うお客様もいらっしゃると思うので……クレグレも」

「わかってます。誰にも言いません。そうか、だから司野……辰巳さんが、宿の恩人だって」

アンリは笑顔で頷いた。

「はい。なんだかいつも怒っているみたいな方ですが、本当は親切です。骨が見つかって、ショックを受けていた私とマユさんに、タツミさん、すぐに言ってくれました。『人間どもが戻ってきて、やっと見つけてもらえる、見つけてくれと必死で訴えていた奴を、あんたたちは掘り出してやったんだ。案ずるな。感謝されこそすれ、恨まれることはない。祟《たた》りもせん。徳を積んだと胸を張って、堂々と宿を建てろ』と」

たとえ五年前でも、妖魔の司野は今と少しも変わらないルックスだっただろう。

彼が、面白くもなさそうな顔つきとぶっきらぼうな口ぶりで、彼なりのそんなフォローの言葉を口にする様子が、正路にはハッキリと想像できた。

（司野らしいなあ……）

「タツミさんのその言葉が、私たちの支えでした。頑張って建て直した宿、今、こうしてお客様に喜んでいただいています。マユさんは今、この宿のおもてなしをもっとブラッシュアップしたいと、色々な国の宿に泊まって、ホスピタリティを学ぶ旅をしています」

「それは……とても素敵ですね」

「はい、とても。でもタツミさん、宿ができてから、一度も来てくれませんでした。今日、来てくださって、本当に、本当に、わたし、うれしいです」

アンリは胸に両手を当てて本当に嬉しそうにそう言い、それから正路を優しい目で見た。

「タツミさんに、アシスタントができたのも、うれしいです。タツミさん、五年前、ひとりで来て、ひとりで帰りました。ずっと、何も楽しくなさそうだった。ヨケイなオセワ、もちろんそうです。でも、タツミさん、さっきお食事を運んだとき、ちょっとだけ、笑顔でいらっしゃった。わたし、うれしかったです」

「そ、それは」

すっかり温泉の熱は引いたはずの正路の顔が、瞬時に真っ赤になる。

夕食時の司野の笑いは、正路が本格的な懐石料理にまったく不慣れで、離れで司野と二人きりだというのに、無闇に緊張してしまったことにあったのだ。

「ボトボトと食い物を落とすな。どこで何を食おうと、飯は飯だ。そう狼狽《うろた》える必要はなかろう」

まるで幼子のようにぎこちない箸使《はしづか》いになった正路に、司野が思わず失笑したところに、アンリがメイン料理の三田牛《さんだぎゅう》のすき焼きを運んできてくれたというわけなのだ。

「あれは……その、僕の失敗に、彼が呆《あき》れていただけで」

しかしアンリは、穏やかにそれを否定した。

「いいえ。わたしには、タツミさんが楽しそうに見えましたよ」

「楽しそう？」

「誰だって、嫌いな人と食事なんかしたくないでしょう。タツミさん、あなたと楽しそうに食事をしていらっしゃいました。わたし、たくさんのお客さんにお会いしてきました。お部屋の雰囲気で、ニンゲンカンケイ、だいたいわかります。おふたり、ナゴヤカです」

「な……なご、やか」

もっともそんな言葉から遠いところにいるのが司野だと思っていた正路は、あまりのことについ絶句してしまう。

アンリはそんな正路をよそに、むしろ自分が楽しそうに笑みを深くした。

「ええ、ナゴヤカ。どうかアダチさん、あなたも、当館でのタイザイをお楽しみください。明日《あした》の朝は、カマドで炊いたご飯が出ます。ピカピカですよ。ああそれに、お風呂《ふろ》で月や、星や、ヨアケを見るのもステキです。どうか、本当に、楽しんでください。タツミさんとご一緒に」

心からの挨拶《あいさつ》をして、「ああ、勿論《もちろん》、このお部屋も。どうぞごゆっくり」と付け足し、アンリは立ち上がると、部屋を出ていった。

とたんにしんと静けさが満ちて、正路はゆったりと椅子に身体を預けてみた。

着慣れない浴衣《ゆかた》ではあるが、アンリ自身が外国人として吟味したものか、柔らかなジャージ生地で、はだけやすいところをスナップで留めることができる斬新《ざんしん》な仕立てになっているので、とても着心地がいい。

(今日は、千栄子さんからも、アンリさんからも、司野の話を聞けたな。それも、僕が知らない司野の話)

正路は、美味《お》しい梅ソーダをゆっくり飲みながら、そんなことを思った。

これまでは、自分と出会う前の司野については、彼自身から聞くより他なかった。

だが今日、初めて、他の人が客観的に見た司野の姿を教えてもらい、そのことが、正路には、自分でも意外なほど嬉しかった。

勿論、それで司野の本質を理解できたわけではないし、千栄子やアンリが知る司野もまた、千年あまりを生き抜いてきた妖魔《ようま》の「ほんの一部」に過ぎない。

それでも、巨大なジグソーパズルの、ほんのいくつかのピースを初めて組み合わせることができたような心持ちで、正路は微笑んだ。

「こんな風に、ちょっとずつ、司野のことがわかっていくといいな。……ホントは、司野のご主人様の辰冬さんのお話が聞きたいけど、さすがにそれは無理だしな」

そんなないものねだりをしてしまう自分が可笑《おか》しくて、正路は梅ソーダを飲み干し、そろそろ部屋に戻るべく立ち上がった。

そのとき、彼の頬をすうっと涼やかな風が掠《かす》めた。

「ん？」

どこかに扇風機があるのかとキョロキョロしてみたが、特に見当たらない。

（エアコンの風、かな？　でも、冷房なんて要らないはずだけど。有馬、山の上だから、街中よりずっと涼しいし）

不思議に思ったが、それきり、風はまったく感じられなかった。

「気のせいだったのかな。まあいいや、部屋に戻ろう。司野も、さすがにもうお風呂から上がってるだろうし」

司野には「好きに過ごせ」と言われてはいるが、さすがに下僕の立場で、ご主人様

を いつまでも放っておくのは気が引ける。

（もし、司野がおひとり様時間を過ごしたそうだったら、またここに来て、何かの本を読ませてもらおう）

もしかすると、アンリはその可能性も考えて、正路に避難場所を教えてくれたのかもしれない。

そんなさりげない気遣いに感謝しつつ、正路はグラスを感謝の言葉と共にフロントに返し、自分たちの離れへと戻った。


「ただいま。遅くなってごめんなさい……とと、いない？」

どこで油を売っていたのだと咎《とが》められるかもしれないと、そろりと部屋に入った正路だが、いわゆる居間にあたる広い部屋に、司野の姿はなかった。

襖《ふすま》で隔てられた寝室も覗《のぞ》いてみたが、そこにも司野はいなかった。ベッドを使った形跡もない。

「お散歩に出たのかな」

妖魔の司野なら、宿を包み込む濃密な闇など恐れはすまい。あるいは……と思った正路の耳に、微《かす》かな水音が聞こえた。

「あ！　もしかして、まだ……？」

居間に戻り、縁側に続く障子を開けた正路は、思わず息を呑《の》んだ。

窓の外に、司野の姿が……裸の背中が見えたからだ。

アンリが宿を再建するときに、敢《あ》えて手配したものだろう。今は滅多に見られない、視界がユラユラして見えるガラスの向こうには、大浴場にあったものより遥《はる》かに小さいとはいえ立派なヒノキ造りの浴槽があり、半露天で温泉が楽しめるようになっている。

周囲は大浴場と同様、見事に手入れされた植栽で囲まれ、眺望というほどのものはないが、森林浴気分も同時に楽しめそうだ。

灯りは、夜空に浮かぶ細い三日月と、浴槽周囲に置かれた行灯《あんどん》タイプのほの明るい照明だけで、その柔らかな光が、浴槽の縁に腰掛けた司野の白い身体を、闇に浮かび上がらせていた。

「わ……あ」

驚きとも感嘆ともつかない声が、溜《た》め息交じりに正路の口から漏れる。

それはまるで、絵画のような光景だった。

司野の濡《ぬ》れた髪からしたたる雫《しずく》、夜空を見上げるべく仰向《あおむ》いた顎《あご》の美しさ、すらりとしたうなじと、こんなときでも真っ直ぐ伸びた背中から腰へのライン。

陶磁器のような滑らかな肌にはほくろひとつなく、身体のどこにも無駄な肉などついていない。

それが陰陽師《おんみょうじ》の手になる「仮の器」だとわかっていても、司野の身体があまりにも美しくて、正路の目も心も、たちまち奪われてしまった。

（なんて……なんて綺麗《きれい》なんだろう。嘘みたい。ううん、夢みたいだ）

うっとりと見入る正路の視線の先で、司野は静かに浴槽に滑り込み、そのまま動きを止めずに、頭のてっぺんまでとぽんと湯に潜る。

「！」

まるで人魚の如き滑らかな動きに、正路が無意識に息を止めていたのは、数秒だっただろうか、あるいはもっと長かったかもしれない。

湯に沈んだときの静かさとは対照的に、盛大な水音を立てて出てきた司野は、勢いよく頭を振った。

髪の先から四方八方に湯の雫を散らせるそのさまは、まるで大きな犬が水遊びをしているようだ。

美しいのにどこかコミカルな動きに微笑んでいた正路は、自分の行為に気づいてハッとした。

（待って、これは覗きじゃないか。他人様《ひとさま》がお風呂に入っているところを、無断で見るなんて。妖魔にセクハラの観念があるかどうかはわからないけど、僕的にはアウト

だ）

慌てた正路が障子を閉めようとするのと、司野が振り返るのとは、ほぼ同時だった。

司野の鋭い視線は、真っ直ぐに正路の目を捉《とら》える。とても、「今気づいた」という動きではない。

（バレてたー！）

こちらへ来いというように顎を小さく動かされ、正路は大いに恐縮しつつ、外に出た。

「ご……ごめんなさい。覗きなんかするつもりじゃなかったんだ！　その、お風呂から戻ってきて、司野、どこかなって捜してて……つい」

謝りながら浴槽に近づいた正路を、濡れた髪を両手でオールバックに撫《な》でつけ、ついでのように顔を拭《ぬぐ》った司野は、むしろ怪訝《けげん》そうに見た。

「覗き？　お前は俺を盗み見ていたつもりだったのか？　阿呆《あほう》。俺がお前の気配に気づかないはずがなかろう」

「あ……そ、そう、か。そうだよね」

ということは、司野は堂々と自分に覗かせていたのか……と、安心と感心が相半《あいな》ばする心境で、正路は司野の視線に命じられるまま、縁側の、浴槽にほど近い場所に腰を下ろした。

「その……大浴場、そんなに人がいなかったし、広くて凄《すご》く気持ちよかったよ」

「ふん」

まったく興味なさそうな顔つきで、司野は胸のあたりまで湯に浸《つ》かり、指先で水面《みなも》を弾《はじ》いた。

浴槽に掛け流しになっている温泉の湯は透明で、それだけに今度は間近で司野の裸体をつぶさに見ることになってしまい、正路はドギマギしてしまった。

あからさまに表現するなら、ニセモノの身体、である。

しかし、司野の意のままに動くその肉体はしなやかで力強く、とても「仮の器」には見えない。

ただ、あまりに完璧《かんぺき》なプロポーションであるがゆえに妙に現実感に乏しく、幻想的に美しい。そのせいで、正路の視線はつい、司野の下半身のほうへ滑っていってしまう。

（その……「抱かせろ」なんて言われたから、きっとそうなんだろうとは思ってたけど、ちゃんと『ついてる』んだな、司野の身体）

ゆらめく湯の中にあるせいで、多少は生々しさが薄れてはいるものの、自分のものより明らかに立派な男性のシンボルを目の当たりにして、正路はつい、司野の亡き主《あるじ》、辰巳辰冬に思いを馳《は》せてしまう。

（司野の身体が、単に妖魔《ようま》の魂を封じ込める「仮の器」に過ぎないのなら、そこまで緻密《ちみつ》に、身体の隅々まで人間らしく作らなくてもよかったような気がする。辰冬さんには、何か他の意図があったのかな）

そんなことをぼんやり考えていた正路に、司野は底意地の悪い口調で言った。

「おい。覗きに飽きたらず、今度は主の身体を不躾《ぶしつけ》に観察か」

「あっ！　ああああ、重ね重ね、ごめん！　つい」

「つい、何だ」

「好奇心が……あっ、いや、その、司野、服を着てるときは勿論《もちろん》かっこいいけど、脱いでも凄く綺麗だから、ビックリしちゃって」

謝罪と弁解を同時に口にした正路は、苦し紛れに司野が脱ぎ捨てた浴衣《ゆかた》に手を伸ばした。

浴衣を必要以上に丁寧に畳み、司野の身体を凝視しないように努力しながら、正路はチラと司野の表情を窺《うかが》った。

咎めはしたが、裸体を見られることには、特に羞恥《しゅうち》も抵抗もないようで、司野は依然、気持ちよさそうに手足を伸ばし、湯の中に身を置いている。

「あの……いつからお風呂《ふろ》に？」

沈黙を恐れた正路の問いかけに、司野は簡潔に答えた。

「お前が大浴場へ行ってすぐだ。暇だったからな」

「じゃあ、あれからずっと？　あ、そうか。妖魔って、のぼせたり、湯あたりしたりしない？」

「温泉ごときにやられる俺ではない。辰冬はよく、『少しでも長く浸かってやろうと、欲をかきすぎた』と言って、板の間に大の字で伸びていたが。反省するわりに懲りずに繰り返していたな」

さりげなくもたらされた司野の昔話に、正路はきちんと畳んだ浴衣を脇に置き、黒々した目を輝かせた。

「そうか、辰冬さんの湯治につきあって有馬温泉に来たことがあるって、さっき言ってたね。当時の温泉ってどんな感じだったの？　きっと、今とずいぶん違うよね？」

すると司野は、温泉の湯をいきなり指で強く弾き、正路の顔に飛沫《しぶき》を飛ばした。

「うわっ」

慌てて手で額や頬を拭う正路に、司野はニヤリとした。

「昔も今も、人間は同じ反応をする」

「……ご主人様にもこんな悪戯《いたずら》をしてたの、司野」

「毎日飽きもせず、何度も湯に浸かっているから、よほど好きなんだろうとわざわざ引っかけてやったんだが、辰冬は迷惑そうにしていたな」

「そりゃそうだよ！　望んでお湯に浸かるのと、変なタイミングでお湯を掛けられるのは全然別だって」

「と、奴もぷりぷり怒りながらそう言っていた。……この場所だ」

「えっ？」

司野は、夜空で弱々しく光る糸のように細い三日月を見上げ、独り言のような口調で言った。

「まさにこの地に、辰冬が湯治に来ていた宿があった。今のこの宿とは比べものにならないほど、粗末な建物ではあったが」

「ここって、ほんとにここ？　今、司野がお湯に浸かってる同じ場所で、辰冬さんも？」

「ああ」

司野は頷《うなず》き、正路を見た……と思った次の瞬間にはもう、正路は全身で湯の温かさを味わっていた。

司野が目にも留まらぬ速さで正路の浴衣の胸元を引っ摑《つか》み、そのまま浴槽に引きずりこんだのである。

「え？　え、ええっ……？」

咄嗟《とっさ》に自分が置かれた状況が理解できず、奇妙な体勢で、しかも着衣のまま温泉に身を浸すことになった正路は、うっかり飲んでしまった湯に軽く咳《せ》き込みながら、目を白黒させた。

大人がふたりで入ることも可能な大きさの浴槽とはいえ、司野が堂々と四肢を伸ばしているので、下僕である正路に許されたスペースは微々たるものだ。

「ちょ、司野、何するんだよ。せめて浴衣を脱ぐ暇くらい……」

さすがに文句を言った正路を、司野はむしろ面白そうに見た。無論、罪悪感など一《ひと》欠片《かけら》もない表情である。

「ますます面白いな。辰冬と寸分違《たが》わず同じ不平を言う」

「ちょっと待って。お湯を掛けるどころじゃないじゃないか！　マジで辰冬さん、大変な目に遭わされてたんだな……。司野、昔は凄いヤンチャっ子だったんだね。今も……もう『子』じゃないけど、十分過ぎるほどヤンチャだよ」

正路は嘆息して、恨めしげに自分の身体を見下ろした。

洋服を着て温水プールに入った経験なら、小学生の頃の水難訓練授業で一度だけあるが、浴衣を着たまま温泉に入るのは初めての経験だ。

袖口《そでぐち》や腕の付け根に大きな空間ができる仕立てのおかげか、腕を動かしても意外と水の抵抗は少なく、脚にいたっては、裾《すそ》がはだけるので動作にはほぼ制限がない。

水を吸ったジャージ生地はおそらく重くなっているので、むしろ浴槽から出た後が大変だろうが、湯の中にいる限り、思いのほか不快ではないことに正路は驚かされた。

「そっか、辰冬さんとこんな感じで一緒に温泉に入ったんだね。そのこと、思い出してたんだ？」

「単に昔の記憶が甦《よみがえ》っただけで、何の感慨もないがな」

そんなことをわざわざ言ってしまえば、「懐かしく思い出していました」と言ったも同然なのだが、聡明《そうめい》なわりにそうしたことには気づかない司野を、正路は不遜《ふそん》ではあるが「可愛い」と思ってしまった。

「……そっか」

「当時、辰冬が入っていた有馬の湯は、こんなに立派ではなかった。ただ地面に穴を掘り、そこに辺りにいくらでもある小さな岩を敷き詰めただけの簡素なものだった」

「そうなの？　今もそういうワイルドな岩風呂はあるけど……」

「貴人が入浴するような宿ならばもっと豪華だったかもしれんが、奴にはそこまでの贅沢《ぜいたく》はできなかったんだろう。当時の湯治というのは、具合の悪い場所に湯を掛けたり、湯にそこを浸したり……そういうやり方も多かったが、奴は、ちまちましたことをするより、全身を湯に浸すほうが話が早いと言っていた」

「ああ、何となく想像できる。辰冬さんはとっても合理的な考え方をする人だったんだね。司野を下僕にした理由も、そんな感じだったもん。ただ殺すより、人間の役に立つ妖魔にしたほうがいい、みたいな」

「それは合理的な考えなどではなく、あいつの身勝手だがな」

司野が軽く機嫌を損ねた口ぶりになったので、正路は慌てて話題を変えた。

「そ、それにしても、岩を敷き詰めたお風呂じゃ、ゴツゴツしてお尻《しり》が痛くなりそう」

「だから……奴はこうしていた」

そう言いながら、司野は手を伸ばし、正路の腕を摑んだ。

「えっ？」

腕を強く引かれると、湯の浮力の助力もあって、正路の身体は容易《たやす》く浮き上がり、まるであらかじめコースが定められていたように、司野の腕の中にすっぽりと収まった。

（これって、これってお膝《ひざ》抱っこじゃないか）

幼子のように司野の膝に乗せられ、正路は羞恥に赤面する。

「今のお前のように、湯浴み着を着て、澄ました顔で俺を椅子代わりに入浴していた」

「ふふっ」

「笑いごとじゃない。奴の人使いの荒さには、ずいぶん迷惑したんだぞ」

司野はムスッとしたが、その手はごく自然に、正路の腰に回されている。千年以上も昔、主《あるじ》にそうやって身体を支えろと命じられていたに違いない。

(辰冬さん、司野のことが可愛くて仕方なかったんだろうな)

そんな風に感じられるからこそ、辰冬が最終的には、司野が言うように彼を裏切り、壺《つぼ》の中に彼を封じ込めた理由が、正路にはよくわからない。

司野がそのことに腹を立てて恨みに思う一方で、こんな風に遠い記憶を辿《たど》り、懐かしむことをやめられないのは、司野自身がそうした辰冬の行動を理解できず、それが故に憎みきれないからではないだろうか。

(司野も、今だって辰冬さんのことを好きでいるよね。思い出話を聞いていると、それがハッキリわかっちゃう。だからこそ、苦しいし、切ないんだろうな)

司野は、自分には人間のような情緒はないと言うが、正路はそうは思わない。

半年を共に過ごし、正路はもう、司野がとても感情豊かで、それをわざわざ抑制しているのだと知っている。勿論《もちろん》、人間の細かな心の機微については理解できないことが多いようだが、それとて、理解できずとも、彼なりに尊重できるところはしてくれている。

そうした司野の「人間くさい」心の一部は、おそらく辰冬が育てたものなのだろう。

(本当に、僕も辰冬さんと会って、お話ししてみたかったな。そうしたらもっと、司野との上手《うま》いつきあい方も聞けただろうし、司野のことも、もっとよくわかってあげられるのに)

残念に思う正路の頭を、司野の大きな手が無遠慮に摑む。

「な、何？　痛くはないけど、いきなり上から来られたら、ちょっと怖いよ、司野」

「うるさい。主のすることに、いちいち不平を言うな」

ピシャリとそう言い、司野は正路の頭を自分の裸の胸に押しつける。自然と、正路は背中を司野の身体に預けるような姿勢になった。

司野の肉体は、いくら精巧に作られたものだといっても、体温までは有していない。いつもは石のように冷たい身体が、温泉の熱で温められ、まるで人肌のように感じられて、正路はドキッとした。

「し、司野？」

「辰冬はいつもこうして悠々と俺にもたれ、くだらない話ばかりしていた。いつも興が乗って喋《しゃべ》り過ぎ……」

「それで、湯あたりしてたんだ？」

「ああ。はしたない格好で床に伸びた辰冬を、扇《あお》いで冷ますのも俺の仕事だった。……当然だが、お前には、そんなことはしてやらんぞ」

「僕はご主人様じゃなくて、下僕だからね。むしろ、司野を扇いであげなきゃ」

クスリと笑って、正路は少し緊張していた身体から力を抜いた。

そして、自分も何故か、会ったこともない辰冬の記憶を共有しているような、不思議な感覚を味わいながら、こう言った。

「僕もすぐ湯あたりするほうみたいだから、早めに上がる。そしたら、まだ売店が開いてるうちに、アイスを買いに行こうよ。さっきお風呂《ふろ》上がりに一本いただいたアイスキャンデー、凄《すご》く美味《おい》しかったんだ。同じのを売っていたら、それくらいはご馳走《ちそう》させて」

そして彼は、即座に返ってきた「お前が俺に奢《おご》るなど、百年、いや千年早い」という台詞《せりふ》に、小さな声を立てて笑ったのだった。


その夜、床を並べて……といっても、それぞれのベッドに潜り込んだだけだが……横たわり、正路は睡魔に抗《あらが》いながら、司野に訊《たず》ねてみた。

「湯治に来たとき、辰冬さんとも、こんな風に並んで寝たの？」

それに対する司野の答えは、実に明快だった。

「お前が寝ているときくらい好きにさせろと言って、外にあった大きな木の枝の上にいた。辺りに巣くう弱い妖魔《ようま》を捕らえて喰《く》うことは、辰冬に推奨されていたからな。界隈《かいわい》の治安がよくなると」

「あ……妖魔的お食事タイムか」

「まあ、奴を警護することは怠らん程度に、ではあったが」

「律儀だなあ、司野は。でも、そっか。じゃあ、司野も湯治を楽しんでたんだね。だから……思い出の場所だから、アンリさんの依頼を受けたの？」

正路は少し待ったが、司野からの返答はなかった。

なかったということは、「そうだ」という、言葉より遥《はる》かに雄弁な肯定の返事を貰《もら》ったようなものだ。

だから、それ以上追求することはせず、正路は別の質問を口にした。

「明日《あした》はどうする？　起きて、朝ごはん食べて、チェックアウトして……もう帰る？」

「いや」

司野はあっさりと帰宅を否定して、こう言った。

「せっかく有馬くんだりまで来たんだ。ついでに都……いや、京都に足を延ばそうかと思っている」

「京都！　わあ、高校の修学旅行ぶりだ。嬉《うれ》しいな。そうか、司野にとっては、昔、住んでたところなんだよね」

「ああ」

短い返事に、司野の複雑な想いが凝縮されているようで、正路はしばし躊躇《ためら》ってから、思いきって問いかけた。

「昔住んでたところ……辰冬さんのお屋敷があったところとか、見にいく？　僕、お供するよ。っていうか、させて。邪魔しないようにするから」

「……明日の気分次第だな」

投げやりな口調でそう言うと、司野はゴロリと寝返りを打ち、正路に背中を向けてしまう。

これ以上会話を続けるつもりはないという、実にわかりやすい意思表明である。下僕としては、ご主人様をこれ以上煩わせるわけにはいかない。

「わかった。おやすみ」

正路は素直に引き下がり、いつものように挨拶《あいさつ》をした。司野の背中は微動だにせず、言葉どころか、吐息すら聞こえない。

それでももはや少しも気にせず、正路は、「明日の朝、司野がその気になってくれますように」と何らかの神に祈り、心地よい疲れに身を任せて、目を閉じた。

四章　因縁の地

「ここからシンカイソクに乗れば、キョートは意外と近いんですよ。きっとまた近いうちに、当館に戻ってきてくださいね。タツミさんとアダチさんなら、いつだって大歓迎です。ああでも、ヨヤクしていただけますと、特別なご馳走《ちそう》、用意しますから！」

朝食後、宿の送迎バスではなく、自家用車らしき小さめのベンツで、アンリは司野と正路を近くの駅まで送ってくれた。

近くといっても、グネグネした山道を走り、長いトンネルを抜け、テレビのロケにも使われたという、夜はことのほか眺望が見事らしい展望台の脇を通り過ぎて、三十分ほどもかかっただろうか。

二人が京都に行くと聞いて、彼は交通の便がいちばんいい駅を選んでくれたに違いない。

司野は「また来る」とだけ言ってさっさと車を降りてしまったので、正路は二人分のつもりで懇ろに感謝を伝え、アンリと別れた。

交差点を左折して見えなくなるまで彼の車を見送り、さてと振り返ると、司野の姿はもうない。

「うわっ」

一瞬焦った正路だが、幸い、目の前にホームに向かう階段が見えたので、司野がそこを上がっていったのはほぼ確実だ。

(司野のことだから、「京都へ行くことはわかっているんだ。ひとりで来られるだろう」って、来た電車にスッと乗って行っちゃいそう。うん、絶対先に行っちゃう)

アンリの言っていた「新快速」列車がどのくらいの頻度で来るのか正路は知らないが、万に一つも置き去りにされることがないよう、早く司野に追いついたほうがよさそうだ。

「もう。アンリさんにはとってもお世話になったのに、司野ってばあんなに愛想なしで」

そんなささやかな不平を口の中で呟《つぶや》きつつ、正路は大急ぎで思いのほか長い階段を全速力で駆け上がった……。

幸いにも、正路が京都、もとい滋賀行きの列車が発着するホームに降り立ったとき、司野は、目の前のベンチに悠々と腰を下ろしていた。

「よかった、いた！　置いていかれるかと思ったよ。待っててくれたらよかったのに」

「阿呆《あほう》。下僕に合わせて動く主《あるじ》がいるものか」

「それはそうなんだけど、司野も、アンリさんにお礼くらい……」

無駄なことと知りつつ、一応そんな小言めいた言葉を口にしながら、正路は司野の隣に腰を下ろした。バッグからタオルを出して、額にうっすら浮いた汗を拭《ふ》く。

「朝、起きたときは肌寒かったのに、やっぱり山を下りると、少しまだ暑いね」

妖魔は寒暖を感じないらしく、司野はそうした気候の話にはほとんど反応しない。

それでも今朝は少し機嫌がいいのか、反対側のホームを見ながら、彼はこう言った。

「辰冬も言っていた。蒸し暑い都と違って、有馬は涼しくてよい。務めがなければここに住まいたいものだ、とも」

辰冬の話を聞くのがとにかく好きな正路は、たちまち笑顔になって目を輝かせる。

「そうなの？　京都は蒸し暑いってよく聞くけど、昔からそうなんだ」

「地形の問題だからな。昔も今もそこは変わらんのだろう。寒さを感じればこそ、湯がありがたい、身体が解《ほぐ》れると喜んでいた。俺にはわからん感覚だが」

「わからないいって、昨夜《ゆうべ》も今朝も、司野、部屋の温泉に入ってたじゃないか。あれ、お湯が気持ちいいからじゃないの？　妖魔も、僕たちと同じように温泉で癒されるんだなって思ってたのに」

　正路が意外そうにツッコミを入れると、司野は呆《あき》れ顔で、片眉《かたまゆ》だけを器用に上げた。

「馬鹿な。人間どものように、関節の痛みなど俺は抱えていないからな。湯に浸《つ》かったからといって、どこが癒されるわけでもない」

「そう言われれば、そうか。でも、温泉に入ってるときの司野、気持ちよさそうに見えたよ。ちゃぽーんって、お湯に潜ったりしてさ」

　プールで遊ぶ子供みたいに、というフレーズは賢明にも呑《の》み込んで、それでも正路は、追求せずにはいられない。昨夜見た司野の姿は、現実離れして美しく、それでいて、どこか文字どおり「水を得た魚」のように生き生きして見えたからだ。

　すると司野は、こともなげに言い返した。

「今の俺にとって、温泉の湯を浴びることは、食事のようなものだ。有馬の湯には、龍脈《りゅうみゃく》の力が宿っている。浴びることで、微々たるものとはいえ、俺は妖力《ようりょく》を得ることができる」

「りゅう、みゃく？」

　キョトンとする正路に、司野はますます呆れた様子で、それでもいつもの律儀さを発揮して、最低限の言葉数で説明を試みた。

「辰冬が言っていた。世界のあちこちに、龍穴、すなわち大地の『気』が噴き出す、繁栄が約束された地があると。その龍穴を結んで地中を流れる『気』の道を、龍脈と呼ぶ」

司野と出会って以来、この手の、世間では「スピ系」などという言葉で括《くく》られるジャンルの話に触れる機会が多く、すっかり慣れっこになってしまった正路ではあるが、さすがにスケールが大きすぎてボンヤリしてしまう。

「ええと……つまり、世界じゅうが、地面の下で、エネルギーで繋《つな》がってる、って感じ？」

するとと司野は、意外そうにひとつ瞬《まばた》きした。

「愚鈍なお前にしては、察しがいい。そうだ。この地球を人間の身体にたとえるならば、龍脈は血管のようなものだ」

正路は「ああ！」と思わず手を打った。

「凄《すご》くピンと来た。地球のエネルギーは、僕の皮膚の下に見えてる血管みたいに、地下の龍脈を通ってあちこち巡ってるんだね。じゃあ、その龍穴っていうのは、僕たちが言うところのツボ、みたいな感じ？　押すと気持ちよかったり、元気が出たりする……」

軽薄な言い草と叱られるだろうかと危惧《きぐ》しつつ口にした正路なりのイメージに、司野は真顔で頷《うなず》いた。

「当たらずといえども遠からずといったところだな。悪くはない解釈だ。温泉の湯は、地下で龍脈に触れ、その『気』を……少しばかり大地の力を宿す。それゆえに古来、人間は温泉を好むんだ。無論、温泉は万能ではないが、上手《うま》く使えば、生命力を減じつつある人間に再び力を与え、傷や病を治癒する助けとなるだろう」

「なるほど……！　僕、両親や祖父母が温泉大好きなのが、ずっと不思議だったんだよね。家にお風呂《ふろ》があるのに、どうしてわざわざ日帰り温泉に通うんだろうって。大きなお風呂が気持ちいい以外に、そういう理由もあるのかな。僕は、ちょっと長く浸かるとすぐ湯あたりしちゃうから、あんまり温泉って得意じゃなくて。昨夜は立て続けに二度もお湯に入ったから、のぼせてドキドキクラクラしちゃったもん」

それを聞いて、司野はニヤリと意地悪く笑った。

「それはお前の身体が、脆弱《ぜいじゃく》だからだ。弱い器には、多くを容《い》れることはできん。それだけのことだ」

「うう、そういうことだよね、きっと。だけど昨夜、二度目のお風呂に僕を引きずり込んだのは、司野なんだからね！　あれは完全に予定外だったし、浴衣《ゆかた》を着たままだったから余計に……」

「それが、湯から上がるなり寝床に大の字に伸びて、主にスポーツドリンクとアイスクリームを買いに行かせた弁解か？」

「うっ。そ、それについてはそのとおりです。ご主人様を使い立てしちゃったことは、凄く反省してる」

素直に謝った正路に、司野がなおも何か言いかけたとき、ホームに列車接近のアナウンスが響き渡った。

正路はホッとした顔で腰を上げた。

「あ、電車が来る。座れるといいね、京都までそこそこかかるだろうし」

「俺はどっちでもいい」

素っ気なく言い放ち、司野はすっくと立ち上がる。

日頃から身のこなしが素早い司野だが、今朝は、いつもに輪を掛けて動作にキレがある。

（やっぱり昔住んでたところに行くのって、妖魔《ようま》でもワクワクするのかな）

亡き主に対しては複雑な想いを抱えているらしき司野だが、それでも京都は千年以上前、妖魔としての彼がこの世に生まれた、いわば故郷である。

当時と今の景色を比較するだけでもさぞ面白いだろうと、決して人間にはできない経験を羨《うらや》ましく思いながら、正路は到着した電車に司野に続いて乗り込んだ。

さすがにまだ通勤・通学の乗客が利用する時間帯で、電車はそこそこの混雑ぶりだった。しかし、ほどなく大阪駅でどっと人が降り、二人は上手い具合に並びの席を確保することができた。

さも当然といった様子で窓際に座った司野は、京都駅に到着するまで、ずっと黙って窓の外を眺めていた。

そんな司野の端整な横顔をうっとり眺めているだけで、京都駅までの三十分ほどが溶けるように過ぎてしまい、正路は狐につままれたような心持ちでホームに降り立った。

出口に向かう司野の足取りには、まるで地元を歩いているように迷いがない。

「司野、壺《つぼ》を出て自由の身になってから、京都には来たことがあるの？」

「何度かある」

司野の答えは明快だった。

「あっ、そうなんだ。じゃあ、もうあれこれ見て回って、今の京都には慣れっこ？」

「いや、そうでもない。商談や古物の取引で幾度か来たが、用事を済ませたらすぐさま帰っていた。飯くらいは食ったが、それ以上の余計なことはしていない」

「あ、なるほど。仕事で来てたんだ。それって、大造さんのお供とか？」

「そうだ。大造さんは、遊ぶならヨリ子さんを連れてこられるときだと言っていた。ヨリ子さんのほうは、気にせず少しくらい楽しんでこいと言っていたがな」

「本当に仲良しの夫婦だったんだね……って、司野、速い！」

ただでさえ混雑している京都駅の改札に向かう通路を、司野は長身を生かした大きなストライドで、嘘のように機敏に人を避《よ》けながらどんどん歩いていく。

「お前が遅いんだ。こんな混雑した場所に長居したくはなかろう。速く歩け」

「これでも必死で歩いてるんだって。ここではぐれたら、本気で生き別れになっちゃ……わっ」

正路は思わず驚きの声を上げた。

人混みからヌッと出た司野の手が、正路のシャツの袖《そで》ごと、手首をいきなり摑《つか》んだからだ。

「司野、ちょ、ちょっと」

「はぐれた下僕を捜すなど、真っ平だからな。捉《つか》まえておいてやる」

周囲の目を気にしてオタオタする正路に構わず、司野は痛いほどしっかり正路の手首を摑んだまま、さらに足早に歩き続ける。

「転ぶ、転んじゃうよ」

そう訴えてはみたものの、実際に転んでしまえば、司野に舌打ちされるどころではなく、おそらく周囲の人々をも巻き込んでしまうだろう。

他人様《ひとさま》に怪我をさせるわけにはいかないと、死に物狂いで両脚を動かし続けた正路は、中央出口へ向かう最後の長いエスカレーターに辿《たど》り着き、心底ホッとした。

とはいえ、すぐ前に立っている司野は、まだ正路の手首を掴んだままだ。離してくれと言えば気を悪くされそうだし、人目についていえば、もはや今さらである。

(僕はともかく、司野はどこにいても、何をしていても目立つもんね)

ゆっくりと下っていくエスカレーターに乗っていても、背後から、「あの人、どっかで見た気がする。バンドメンバー？　モデル？　俳優やったっけ」だの、「マネージャーと手つなぎとか、ヤバない？　外国の俳優さんかな。外国なら、ありがち？」だのという女性たちの囁《ささや》き声が聞こえてくる。

どうやら他人には、司野が芸能人、正路がそのマネージャー的な存在に見えるらしい。本当は主人と下僕の間柄だが、そこはあまり一般的な関係性ではないので、誤解としては、かなり妥当なラインなのかもしれないと正路は思った。

司野と生活を共にするようになり、驚かされること、困惑することがあまりにも多く、本来シャイな正路も、この半年でずいぶんメンタルが鍛えられ、開き直りが早くなってきたようだ。

とにかく、エスカレーターに乗っているうちに少しでも呼吸を整えようと、静かに深呼吸を繰り返していた正路は、今から向かう改札口の脇に掲示された、大きなポスターに目を留めた。

荘厳な夜の神社をバックにして、平安装束とおぼしき衣装をまとった若い男性が、小さな笛……おそらく篳篥《ひちりき》を両手で持ち、吹き口に唇を触れさせたポーズで立っている。

鳥居の前で、白々としたスポットライトを浴びるその姿は、いかにも神秘的だ。

（あ、あれって、もしかして）

正路は、昨夜、大浴場の外で聞いた、女性ふたりの会話を思い出した。

（彼女たちが話してた、大人気の雅楽ミュージシャンって、あのポスターの人のことかな。確かにかっこよさそう。顔はよく見えないけど）

そんな正路の推測は大当たりだったらしい。

エスカレーターが地上に近づくにつれ、ポスターもよく見えるようになり、「話題沸騰！　雅楽の貴公子、ついにいにしえの都に登場！」という、ポスターの上方にでかでかと貼り出された宣伝の文句が読み取れた。

（あ、やっぱり。へえ、京都に来るんだ。あ、でももうソールドアウト……やっぱり凄《すご》く人気があるんだな）

ポスターの下のほう、プレイガイドの案内などが書かれているらしき部分に、「完売御礼」のシールが貼られているのに気づき、正路は感心した様子で頷《うなず》いた。

もっと詳しく見てみたいと思ったが、非情にも、エスカレーターは二人を地上に運び終えてしまった。

司野は相変わらずの勢いで正路の手を引き、改札へ向かう。

「あああ……」

まさに後ろ髪を引かれる思いだが、さすがに「ポスターを見たいから止まって」とご主人様に要求するわけにはいかない。

正路は残念そうに、それでも従順に歩きながら、自由な左手でバッグを探ってICカードを引っ張り出した……。


それから三十分ほど後、二人の姿は、京都駅のタクシー乗り場の列にあった。

改札口を出て三十分も順番待ちをしていたのかというと、さにあらず。

さすがに平日なので、タクシー待ちの客はそこまで多くはなかった。

だが列に加わる前に、司野が駅前のデパートに立ち寄ると言い出したのである。

「何か買うの？」

不思議がる正路に、司野は「服を買う」と即答した。

てっきり、京都で半日過ごして、夕方には帰途に就くと正路は思い込んでいたのだが、司野はもう一泊するつもりであるらしい。

「いつまでもスーツでは、人間が言うところの『肩が凝る』という奴だ。ついでに、お前にも一式買ってやろう。人間は、同じ服を着続けていると、無様な悪臭を放つ生き物だからな」

そんな反論のしようもない台詞《せりふ》を口にして、男性向けのファッションフロアに向かった司野は、自分のものだけでなく、正路の服まで即決で選び、購入してしまった。

揃って更衣室で着替えさせてもらい、脱いだ服は紙袋に詰めて自宅へ発送するよう店員に頼む司野の要領の良さに、正路はただただ呆気《あっけ》に取られていた。

「下着は、宿に入る前にコンビニで買えばよかろう」

カットソーの上にカーディガン、そしてダークグレーのテーパードパンツという、まさに「肩が凝らない」服装の司野は、タクシーを待ちながらそんなことを言った。

「あ、うん。十分。その……ありがとう、僕の服まで」

「主《あるじ》の義務だ」

「それはその、そうかもなんだけど、選ぶのまでやって貰《もら》っちゃって」

正路が恐縮すると、司野はあっさりこう言った。

「お前では、遠慮して安物にばかり目をやるからな。俺が選ぶほうが手っ取り早い。何か不服か？」

正路は慌てて首を横に振った。

「全然！　凄く動きやすいし、今の気候にピッタリだし。実は着替えたかったから、凄くスッキリした。ただ……」

「ううん、何でもない。ホントにありがとう」

正路は、決まり悪そうに笑ってそう言った。

（ただ、同じショップで買ったもんだから、なんかこう……微妙にリンクコーデみたいになってるんだよね）

それが、着替えて以来、正路の顔にずっと浮かんでいる困惑の表情の理由だった。

よもや司野に、家族やカップルめいたコーディネートを下僕と楽しむ意図はないだろう。だが、やはり好みという点で、服選びに何らかのバイアスが生まれてしまったのかもしれない。

正路のチノパンは司野のパンツとかなり似た色合いだし、Tシャツの上に着たネルシャツのチェックに、司野のカーディガンと同じブルーが入っているのである。

（やっぱり、謎の統一感、出ちゃってるよなあ。まあ、ペアルックなわけじゃなし、面倒臭いからひとつの店で全部片付けちゃっただけだろうし、僕が気にしすぎなんだけど）

正路が、自分と司野の服をチラチラと見比べているうち、いよいよ二人がタクシーに乗り込む順番が来た。

京都駅でも、徐々にロンドンタクシーに似た型の車両が増えてきたが、二人の前で後部座席の扉を開いたのは、昔ながらのセダンタイプの一台だった。

先に乗り込んだ司野は、「戻橋《もどりばし》に」と短く運転手に告げた。

まだ若い男性運転手は、少し怪訝《けげん》そうに「戻橋？」と問い返したが、すぐに「ああ、一条《いちじょう》戻橋ね。かしこまりました」と、愛想のいい笑顔になった。

正路が司野の隣に乗り込み、二人して安全ベルトを締めると、タクシーはいささか元気よく走り出す。

「一条戻橋ってことは、安倍晴明《あべのせいめい》ファンの方ですか？　珍しいですね、男性の方は。たいてい女性なんですけどね、あそこへ行かはるんは」

そんな運転手の問いかけに、司野はまったく反応しない。やむなく、正路はよくわからないまま言葉を返した。

「安倍晴明……？　一条戻橋？」

「あれ、すいません、違いました？　ご存じなかったですか？」

「あ、いえ、安倍晴明は、有名な陰陽師《おんみょうじ》、ですよね。映画を見ました」

ちょっと雲行きが怪しいと思い始めていたらしき運転手は、ホッとした様子でバックミラー越しに頷いた。

「そうそう、そうです。安倍晴明のお屋敷跡に建てられたってのが晴明神社でね、マンガやらドラマやらの影響で、何十年か前からは、女性の参拝者がよく行かはるんですよ。昔は静か～な寂れた神社やったらしいですけど、今は立派ですよ」

「へえ……ずいぶん人気なんですね」

「そうそう。本物はどうか知りませんけど、マンガやドラマの晴明は、とにかくかっこええですからね。あと、晴明神社は、色んな晴明関係のグッズ……あ、いや、そう言うたらアカンのか、お守りやらなんやらを作ってはるんで、それもまた大人気で」

「な、なるほど」

「そんで、その晴明神社のすぐ前にある堀川《ほりかわ》にかかっとる橋が、一条戻橋ですわ」

「一条っていうのは、京都の通りの名前、ですよね？」

「そうそう。当時の都の、北のほうです」

「もどりばし、というのは？」

「さあ、僕はその辺詳しゅうないんで、名前の由来は知りませんけど、昔、安倍晴明が、手下のお化けをその橋の下で飼《こ》うとったそうです」

「……へえ」

正路は相づちを打ちながら、そっと司野の顔を窺《うかが》った。

二人の会話を聞いていないはずはないが、司野の顔には何の表情も浮かんでいない。

（もしかして、後の世の人の作り話なのかな……？）

疑問に思ったが、車内で平安時代のことを司野に訊《たず》ねる勇気は、正路にはない。

結局、二十分近く、正路がひとりで、運転手の他愛ない世間話に付き合う羽目にな
った。
「はい、お疲れ様でした」
そんな機嫌のいい声に送られてタクシーを降りると、なるほど、二人の目の前には、
立派なコンクリートの欄干があり、そこにはでかでかと「一條」「戻橋」と橋の名が
刻まれている。
橋の袂《たもと》には柳の木が植わっていて、そこだけは少しばかり風情がある。
しかし橋自体は、正路が思っていたよりずっと近代的なものだ。一方で堀川自体は、
流れに沿って造られた遊歩道より幅が狭いくらいのささやかな川で、あまり流れに迫
力はない。
司野が橋の中程へ行き、橋の下を軽く覗《のぞ》き込んだので、正路も同じようにしてみた。
だが、川岸はコンクリートと石垣でガッチリ固められていて、橋の下に、「お化け」
が潜みそうな気配は、もはや残っていなかった。
「何だか、ちょっと拍子抜け。もっと古くて小さな橋かと思ってた」
正路が正直な感想を漏らすと、司野もまた、あからさまに興ざめな面持ちで顔を上
げ、周囲を見回した。
「戻橋がここということは、目の前の道路が、かつての堀川小路か。ずいぶんと立派

になったものだ。少しくらいは当時の面影が残っているかと思ったが」

「超近代的だね。でも、京都の道路って、平安時代からずっと『碁盤の目』をキープしてるって、修学旅行のバスガイドさんに聞いたよ。ってことは、昔からそこ、道だったの？」

自動車が勢いよく行き交う広い道路を橋の上から眺め、正路は司野に訊ねてみた。

よく考えてみれば、専門家でも何でもない、「普通に平安時代にそこに暮らした経験がある」人、もとい妖魔《ようま》に現地で当時のことを質問できるのは、世界広しといえども自分くらいのものだろうと、正路は好奇心がムクムクと湧き上がるのを感じていた。

一方の司野は、相変わらずつまらなそうな顔つきで、それでも頷《うなず》いてみせた。

「そうだ。当時はもっと道幅が狭かったし、今日のように晴れた日には、土埃《つちぼこり》が酷《ひど》かったものだが」

「あ、そうか。舗装もされてなかったもんね。じゃあ、橋自体も、当時より立派になった？」

「遥《はる》かにな。ただ、川のほうは反対に、人間どもに体裁を整えられて弱々しくなった」

司野は、右の口角だけを吊《つ》り上げて、皮肉っぽい笑みを浮かべた。

「辰冬によれば、戻橋は、平安の都を造成したときからあったそうだ。以来、何度となくこの場所に架け直しされてきたんだろう」

「そして、とうとうこんなに立派になっちゃった、と。司野の頃は、橋の下に、本当にお化け……それって、式神のことだよね？　そういうのがいた？」

　司野は、投げやりに答えた。

「安倍晴明が橋の下に式を飼っていたか否かは俺は知らん。俺が陰陽寮の忌々しい連中のことを認識したときには既に、安倍晴明はこの世にいなかったからな」

「あ、そうか。平安時代って、けっこう長かったんだっけ。じゃあ、もう橋の下には」

「式はいなかった。だが、橋の下は昼なお暗く、湿っている。放っておいても、陰の『気』が澱《よど》む場所だ。住み処《か》を持たざる者、怪しい取引をする者、夜盗……様々な連中が潜む場所でもあった」

「じゃあ、ここを通るときは、司野が辰冬さんを護衛してたんだね？」

「奴を守る気などはさらさらなかったが、よく共に歩いて橋を渡ったのは確かだ。奴は牛車《ぎっしゃ》を好まず、それなりに健脚だったからな」

「へえ。辰冬さんって、ウォーキング好きだったんだ。平安貴族って優雅なイメージがあったから、意外だな」

「貴族といっても、それこそピンキリだ。そして奴は、キリ寄りの変わり者だった」

「ピンキリはわからないけど、いい意味で変わってる人だってことは、司野の話を聞いてよく感じるよ」

「実際は、その千倍だ」

苦々しげにそう言うと、司野は道路に近づき、軽く手を上げた。ちょうど通り掛かったタクシーを停め、「乗るぞ」と正路に短く声を掛ける。

正路が乗り込むとすぐ、タクシーは走り始めた。司野は既に、目的地を運転手に告げていたようだ。

「次はどこへ？」

正路が問うと、司野はやはり短く答えた。

「おそらくは、もはや何でもない場所だ」

「……はい？」

司野の言うことが理解できず、正路は首を傾げる。しかし、司野がそういう物言いをするときは、黙って従ったほうがいいとわかっているので、正路はワクワクと不安が相半《あい》ばする心境で、黙って座っていた。

やがて、タクシーは、さっきの堀川とは比べものにならないほど広い川に掛かる橋に差し掛かった。

「あっ、この川、テレビでよく見る……ええと、鴨川《かもがわ》だっけ？」

司野が反応しないので、大人しそうな初老の運転手が気を遣って代わりに答えてくれる。

「そうです。川沿いに、有名な床が出てますでしょ。もうすぐ終わりますけどね」

「ああ、それです！　納涼床、っていうんでしたっけ。食事ができるんですよね？」

「そうそう。昔は京懐石がほとんどでしたけど、今は色々ですわ。和洋中、それ以外。ホンマに何でもありますよ」

「へえ……」

「値段もね、お手頃な店が増えたように思います。今の時期だけのもんやし、よかったら試してみはったら」

そんな会話をしているうちに、タクシーは川を渡り終え、やや細い道へと分け入っていく。道沿いに建ち並ぶのは、新旧入り交じった家々だ。

(京都って、どこもかしこも観光地ってイメージだったけど、普通に住宅街もあるんだな。そりゃそうか)

そんな他愛ないことを正路が考えているうちに、タクシーは走るスピードを落とした。運転手は、前を向いたまま司野に話しかける。

「仰《おつしや》る住所はこのあたりですけどねえ、お客さん」

「ならば、ここでいい」

「はいはい。そしたら、ちょっと停めやすいとこまで行かしてもろて」

少し前進し、後続車の邪魔になりにくそうな場所を見つけて、運転手はタクシーを停めた。

先にタクシーを降りた正路は、辺りを見回し、ますます不思議そうに首を捻《ひね》った。

(確かに、司野が言ってたとおりの「何でもない場所」みたい)

そこはまさに、「普通の街角」だった。

正路が知る、商店と寺社仏閣、それに宿泊施設が建ち並ぶ観光地然とした京都ではなく、いかにも昔ながらの住宅街といった風情の落ち着いた場所だった。

京都と聞いてすぐイメージする町家的な建物は見当たらず、昭和、おそらくは戦後から今にいたるまで、様々な時期に建てられたとおぼしき民家が、ほぼ隙間なく建ち並んでいる。

ちょうど、支払いを済ませてタクシーを降りてきた司野に、正路は不思議そうに話しかけた。

「ちょっと、僕たちが住んでるところに雰囲気が似てるね。ここは、司野にゆかりの場所なの?」

司野はそれには答えず、無言で周囲を見回していたが、やがて「こっちだ」と歩き出した。正路も、慌てて後を追う。

ほんの二、三分歩いたところで、司野は突然、足を止めた。つんのめって危うく司野の背中に頭突きしそうになり、ギリギリのところで踏みとどまった正路は、司野の視線を追った。

（……マンション、見てる？）

二人の真ん前にあるのは、まだ真新しく見える五階建てのマンションだった。低層なのは、おそらく建築規制が厳しいからだろう。

大きなガラス窓、茶色を基調としたシックな外観、そして軽やかで上品な植栽。エントランスの扉や柵《さく》にはふんだんに木材が使われていて、いかにも高級そうだ。

「素敵な建物だね。誰か、知り合いの人でも住んでるの？」

そもそもこの旅の最初の目的は、「忘暁堂」先代店主の妹を見舞うことだったので、あるいはまだ会うべき人がいるのかと、正路は考えた。

しかし司野は、マンションのエントランスから、何故か敷地の端っこのほうへ視線を滑らせ、独り言のように呟《つぶや》いた。

「壺《つぼ》が割れて、俺が自由の身になったときには、ここにはせせこましい戸建て住宅を何軒も建てている最中だったが、さらにそれを潰《つぶ》し、また一つの土地に戻してマンションを建てたのか。……何かに呼ばれたように感じていたが、俺としたことが、気のせいか。もはや、本当に何もない土地だな」

「それ、さっきも言ってたね。何もないって。昔は、何かあったの？」

「かつて、ここに辰冬の屋敷があった。屋敷と呼ぶには、あまりに荒《あば》ら家だったが」

「えっ？　ここに辰冬さんが!?」

正路は驚いて、目前の立派なマンションを見上げた。

優雅なマンションの佇《たたず》まいと、平安時代の絵巻に出てくるような荒ら家とは、まったく結びつかない。あまりにも当時の面影がなさ過ぎて、司野が「何でもない場所」と表現する気持ちは、正路にも少しばかり理解できる。

「ここは、都の艮《うしとら》……鬼門の方角にあたる。そして、この場所には、都を護《まも》るための結界の、ごく小さな綻《ほころ》びがあった。辰冬は敢《あ》えてここに居を構え、その綻びをみずから塞《ふさ》ぎつつ住まっていた」

「それって、危ないんじゃ？　ああそうか、辰冬さんは陰陽師《おんみょうじ》だから」

「それも務めのうちだと笑っていた。そして……俺が奴によって壺中《こちゅう》に封じられたのもまた、その結界の綻びにあたる場所だった」

正路は、小さく息を呑《の》んだ。

人喰《ひとく》い妖魔《ようま》であった司野を組み伏せ、みずからの式神とした辰巳辰冬は、司野の話によれば、あるとき突然、司野の力をギリギリまで削《そ》ぎ、人の姿すらとれない状態にしてから、壺の中に封じ、地中に埋めたのだという。

その話をしたとき、ポーカーフェイスを装う司野の声に滲《にじ》んでいた怒りと苦さを思い出し、正路の胸がズキンと痛む。

（辰冬さんの話をするとき、司野はどこか懐かしそうな顔をする。なのに、封印されたときの話だけは……口調は静かだけど、背筋がゾクッとするような怒りを感じる。司野の中では、千年経ってもまだ、全然消化されてない「事件」なんだな）

辰冬のことを知りたいと願う正路だが、その二人の「別れ」については、知りたいような、自分ごときが触れてはいけないような、微妙な想いがある。

だが、今回だけは、正路も問わずにはいられなかった。

「司野、出会った頃にその話をしてくれて、辰冬さんは司野を……確か、『都の鬼門を封じるための何かとして使った』とか、言ってた？」

「都の鬼門を封じるための呪物《じゅぶつ》」

「それ！」

「俺を壺に封じて、鬼門の結界の綻びた部分に穴を掘って埋め、その上に小さな社を建てて、さらに念入りに俺を閉じこめた。お前にわかるように言えば、妖魔である俺を、結界の強化に使ったんだ」

「な……なるほど。ごめん、滅茶苦茶基本的なことだとは思うんだけど、鬼門って、何？　どうして、結界が必要なの？」

司野はゲンナリした顔つきで、投げやりに言った。

「鬼門は陰陽道では陰悪《いんあく》の『気』が集まる方角で、そこから百鬼が出入りすると言われている。理屈はわからんが、確かに俺たち妖魔にとっては、比較的、都への出入りが容易《たやす》くなる方角ではあった」

「じゃあ、ホントなんだ？」

「陰陽道というのは本来、統計学のようなものだからな。ある程度は、真実も含まれる……というのは、辰冬の言だが」

正路は、考え考え、次の質問を口にする。

「なるほど。それで、結界……つまり、バリアーで守ってたわけか。綻びがあると、そこから妖魔たちが都に入って来ちゃうんだね。でも、どうしてそこが綻んでたの？」

「水だ」

司野の答えは明快だった。

「水？」

「当時、この敷地の鬼門にあたる辺りには地下水が湧き出していた。水は人を養うが、魔も引き寄せる。水に潜めば、俺たち妖魔は、易々と結界を通り抜けることができるからな」

「そういうものなんだ。それで、辰冬さんがそこに住んで綻びた部分を補強していて……そして、司野を埋めて、さらに補強した？」

司野は、眉根《まゆね》を軽く寄せて頷《うなず》いた。

「そうだ。俺から奪った妖力を、俺を封じるための壺と社に込めた。汚いことをする男だ。さらに、『社には祀《まつ》るものが必要だな』と嘯《うそぶ》いて……待て」

急に話をやめた司野に、正路はギョッとした。もしや、マンションの前に突っ立っている怪しい二人組を見咎《みとが》めて、管理人か近所の人が出てきたのかと思ったのだ。

しかし、そんな気配はない。

辺りは奇妙なほど静まり返っていて、ときおり、通りを横切る自転車や徒歩の人がいるくらいだ。そうした人々は、司野たちをチラと見はするが、特に興味を示す風もなく通り過ぎていく。

（どうしたんだろ。司野、今度はマンション前の植え込みを見てる……？）

正路がハラハラして見守るうちに、司野は「そこか」と言うなり、いきなりマンション前の植え込みに近づき、しゃがみ込んだ。

「ちょっと、司野。そこ、他人様《ひとさま》の敷地……」

「うるさい」

ピシャリと言い返し、司野はカーディガンを脱ぐと、半袖《はんそで》の腕を植え込みの根元にぐっと突っ込んだ。

（えええ。もう、何してるんだよ、司野。それはさすがに、管理人さんが出て来ち

ゃいそう）

いよいよ怪しい司野の動きに、横に突っ立って見ているしかない正路の背中には、冷たい汗が浮き上がる。

「どこだ……そこか」

長い脚を折り畳むようにしてしゃがみ、植え込みの中を、地面に頬を押し当てんばかりにして覗《のぞ》き込む司野の姿は、正路の目にも十分過ぎるほど異様に映った。

そもそも、そんな風になりふり構わず必死になる司野の姿を、正路はこれまで見たことがない。

司野の手が何をしているか正路からは見えないが、ザッ、ザッ、という音を聞く限り、植え込みの土を掘っているようだ。

「司野、本当に何してるの……」

何だか空恐ろしくなって、正路の声は不安に震え始める。しかし、司野は返事をせず、ひたすらに手を動かし続ける。

「ちょっと、どないしはりました？」

ついに、マンションのエントランスのドアが開いて、ワイシャツとスラックス、ネクタイにカーディガンという、いかにも管理人っぽい中年男性が姿を現した。

執務中の部屋の窓から見えたのは、突っ立っている正路だけだったのだろう。男性は真っ直ぐに正路を見据え、警戒を露《あら》わに強張《こわば》った顔つきで歩み寄ってくる。

「司野……ッ」

正路の祈るような呼びかけに、やっとのことで司野は植え込みから手を引っこ抜いた。その手は泥に汚れ、何かを摑《つか》んでいるようだ。

「僕、ここの管理人ですけど、ここになんかご用ですか？　お住まいの方をお訪ねやったら……あれっ、もうひとりいはった」

立ち上がった長身かつ現実離れした美形の司野に気づき、管理人は驚いた顔をした。職業柄というべきか、彼はすぐに、司野の汚れた手にも気づいた様子だった。

「あんた、そこで何してはったんです⁉　ことによっては警察呼ばしてもらいますよ」

「す、すみません、僕ら怪しい者じゃなくて」

物騒な成り行きに、正路はアワアワと狼狽《うろた》え、弁解しようとした。しかし、司野は平然と言い放った。

「落とし物を、回収していただけだ」

「落とし物⁉」

管理人だけでなく、正路もビックリして、まったく同じタイミングでつい声を上げてしまう。司野は、正路のバッグからガーゼタオルを引っ張り出し、その「何か」をサッと包み込むと、テーパードパンツのポケットにやけに丁寧に入れた。

それから、地面に放り出していたカーディガンを拾い上げ、落ち着き払った様子で袖を通す。

「落とし物て、何ですのや？　そないな茂みの中に落とすようなもんなんか……」

あまりにもふてぶてしい司野の態度に、管理人の声が怒りと不気味さで震え始める。

（ヤバい。司野的にはいつもの感じだけど、初めての人には強烈過ぎるよね、この態度。何とか……何とかしないと、本当に警察を呼ばれちゃう。こんなところに落ちそうなもの……何か、何か、何か……！）

必死で頭を回転させた正路の口から、苦し紛れに飛び出した一言は、「コンタクトレンズ！」だった。

管理人は、「ハァ？」とひっくり返った甲高い声を上げる。

嘘は大の苦手の正路だが、ここは二人の身の安全のために、何としてもごまかし通さねばならない。

幸か不幸か、正路もまた、司野が拾い上げたものが何か知らない。

万が一にもコンタクトレンズではなかろうと思いつつも、明らかな大嘘をついているという罪悪感は少しだけ薄い。

腹の底に力を込めて声の震えを抑えつつ、正路はできるだけ平静を装って……どだい無理なのだが……明るく断言した。

「はいっ、コンタクトレンズが風で飛んでしまって、そこの植え込みに落ちたんです」

管理人は、強い酢でも飲まされたような顔で、正路と司野の顔をジロジロと交互に見た。正路はバクバクする心臓を抱えてぎこちない笑みを作り、司野は泥だらけの手で無表情に立っている。

「そない強い風、吹いてましたかね。っちゅうか、よう見つかりましたね、茂みの中を、手探りで。コンタクトレンズ言うたら、そら小さいもんでしょうに」

「なので、とてもラッキーでした！　でも汚れちゃってすぐには戻せないので、見えなくて、この人ぼーっとしちゃってるんです。あと、その、とっても安心しましたし！」

「おい、俺は」

「そんなわけですので、僕たち、これで失礼します。お騒がせして、すみませんでした！　コンタクトレンズでした！　さっ、司野、行くよ！」

「いや、あんた、ほんまにコンタクト……」

「本当です！　失礼します！」

そう言って猛烈な勢いで一礼するなり、正路は、司野のカーディガンの袖口を摑んで渾身《こんしん》の力で引っ張り、歩き出した。

とにかくこの場から一刻も早く離れなくてはならない、その一心である。

「失礼します、本当にすみませんでした！」

まだ不審げに立ち尽くす管理人に、幾度も振り返ってはそのたびお辞儀をしつつ、正路はぐいぐいと司野の袖を引いて全速力で歩く。

無論、司野が軽く踏ん張れば、それで正路は一歩も動けなくなるだろうが、司野はいかにも渋々ではあるが、両足をゆっくりと動かしてくれた。

あるいは、珍しく鬼気迫る形相で自分を見る正路が面白かったのかもしれない。

（何でもいい、とにかく司野が歩いてくれてよかった。ここから離れないと。警察とか呼ばれると、話がややこしくなりすぎて、僕の手には負えなくなっちゃう）

「失礼します、失礼しましたーっ！」

司野を引きずるように歩き、どうにか大きな角を曲がって管理人の視界から逃げおおせるまで、正路は数秒ごとに振り返って頭を下げ、謝り続けた。

そして、誰もいない道をしばらくはスピードを落とさず猛然と歩き続けた正路は、どうにか逃げ切れたと確信できたところでようやく足を止め、「ああああ」と特大の溜《た》め息をついた。

「追いかけてはこないみたいだね。た、助かった……」

「……くだらん。丸腰の管理人ごとき、何を恐れる必要がある」

司野は、やや乱暴に正路の手を振り払う。正直、ここまでそうせずに共に歩いてくれてありがたかったので、正路はむしろ「ごめん」と謝り、自由になった手で自分の胸元を押さえた。

「ご主人様を引っ張って歩いたりしてごめんなさい。でも、あのままだと、ホントに警察を呼ばれちゃいそうだったから。何とかごまかせてよかったけど、いったい何を探してたの、司野？　手、ドロドロだよ。どっかで洗わないと」

だが、それに対する司野の答えはなかった。代わりに彼は憮然《ぶぜん》としてこう言った。

「俺が、自分のものを回収して何が悪い。咎《とが》められる筋合いはないぞ」

「……自分のもの？　いくら辰冬さんのお屋敷跡っていっても、あのマンションが建ってから来たのは、今日が初めてだろ？　どうしてそんな場所に、司野の持ち物が？」

司野はやはり正路の問いには答えず、「少し歩く」と言うが早いか、今度は自分から歩き始めた。

「あ、は、はい。次はどこへ？　っていうか、その前に手を綺麗《きれい》に……」

どうやら、今、正路の質問に答えるつもりはまったくないらしい。

「うう……とにかく、行くしかないか」

司野と出かけると、いつも自分がカルガモの雛《ひな》か何かのように思えて仕方がない正路である。

親に置いていかれまいと必死でついていく雛鳥の心境で、正路はなおマンションの方角を振り返り、管理人や警察官が追ってこないか気にしながら、司野に少し遅れてついていった。

それからしばらくの後。

川の流れに手を浸し、泥汚れを丹念に洗い流して戻ってくる。

そんな司野の一連の行動を、正路は鴨川の河川敷に腰掛け、ただ黙って見守っていた。

勢いよく隣に座った司野に、正路は「こんなのしかないけど」とポケットティッシュを数枚取りだして差し出す。持っていた手拭《てふ》き用ガーゼタオルをさっき司野に奪われてしまったからだが、当の本人は、「要らん」と言いかけたものの、結局それを受け取り、適当に手を拭《ふ》いた。

「そういえば以前、『手拭きなど要らん、服で拭《ぬぐ》えばいい』と言ったら、ヨリ子さんに叱られたな」

「ふふっ。司野、たまにそういういたずらっ子みたいなことしてるよね。買ったばかりの素敵な服が汚れるから、ちゃんとティッシュで拭いて。……と言いつつ、汚れた手で袖《そで》を通したから、カーディガンの右の袖口、ちょっと汚れちゃったね」

「引き裂いたわけでもなし、どうということはあるまい」

手を拭いたあと、司野が適当にポケットに突っ込もうとしたティッシュペーパーを
さりげなく受け取り、バッグにしまい込みながら、正路はそっと司野の様子を窺《うかが》った。

さすがに、先刻の奇天烈《きてれつ》な行動について、問い質《ただ》さずにはいられない。しかし、旅先でご主人様の機嫌を損ねることは、極力避けたい。

そんな二つの思いが、正路の胸の中で互角に綱引きしている状態だ。

当の司野は、河川敷のスロープに長い脚を投げ出し、リラックスした姿勢で川面《かわも》を見つめている。その美しい顔には、感情を読み取れるほどの表情は浮かんでいない。

仕方なく、司野から何かアクションを起こすのを待とうと、正路は周囲の風景を楽しむことにした。

さっき、タクシー運転手が教えてくれた納涼床の一部は昼も営業しているらしく、ところどころ客が入っている。

床というのは、川沿いに並ぶそれぞれの店舗から鴨川の広い河川敷に大きく張り出す状態で設営された、いわゆる広いウッドデッキのことだ。店によっては、提灯《ちょうちん》などの飾り付けがあって、何とも華やかである。

おそらく蒸し暑い京都の夏を少しでも快適に過ごすべく、川越しに吹く涼しい夕風を受けて食事を楽しもうとしたことから始まったものなのだろう。

(そっか、そろそろランチタイムか。外で食べるご飯って、嬉《うれ》しいもんね。楽しそう。そして、いい匂い!)

漂ってくるエスニックな香りに、正路は鼻をうごめかせた。

(さっきタクシーの運転手さんが、色んな店が床を出してるって教えてくれたけど、ホントだな。これ、中華料理の匂いだよね。京都の中華料理ってどんなだろ。食べてみたいな)

いつの間にか、ずいぶん食いしん坊になっていた自分が可笑《おか》しくて、正路は小さく微笑む。

実家にいた頃は、祖母や母が作る何の変哲もない質素な料理を、ごく当たり前のように食べて育った。

一人暮らしを始めて、そうした「家のご飯」の有難みを骨身に染みて知ったが、それでも自分はさほど食に興味がないと思っていた正路である。

それが、司野と暮らすようになり、彼がつまらなそうに、それでも丁寧に作ってくれる家庭料理を口にするようになって、正路は初めて、まともに食と向かい合い始めた。

司野を通して、彼に料理を教えた先代店主の妻、ヨリ子さんが食事に込めた家族への愛情を感じることができたからだ。それはまた、自分の母と祖母が、日々の料理に込めた想いとまったく同じだと気づき、正路の中で、毎日の食事に対する意識が変わった。

誰かが自分のために作ってくれたものを、しっかり味わって食べる。

司野がこだわる食材に、自分も関心を持つ。

そうした姿勢が、この半年で自然と身に付いてきた。

もっとも、司野が手料理を正路に振る舞うのは、「いい加減な食生活をしていると、正路のせっかくの優れた『気』が澱《よど》む」という身も蓋《ふた》もない理由からだ。

妖魔《ようま》として、正路の「気」の味をこよなく愛する司野としては、自分の食生活を守っているだけ、とも言える。

(それでも、司野がご飯を作ってくれることが、凄《すご》く嬉しいし、美味《おい》しいし、ありがたいんだよね。手伝わせてくれたらもっと嬉しいけど、それは司野が嫌がるから。要領が悪くて、イライラするんだろうな……)

そんなことを思いながら、正路は司野がじっと見つめている川面を一緒に眺めてみた。

明るい真昼の光に照らされた鴨川の水は、川幅が広いこともあり、ゆったり静かに流れている。

すぐ近くにある大きな橋の上を行き交う人たちも、河川敷を歩く人たち、そして自分たちと同じように河川敷の緩いスロープになった草の上に腰掛ける人たちも、皆のんびりした雰囲気で、いかにも楽しそうな笑顔だ。

(そうだ、前にテレビで言ってた。この河川敷、カップルが等間隔で座ることで有名だって)

そう思って再び眺めてみれば、なるほど、テレビで見たほど混み合ってはいないが、それでも視界の中には、十組以上の二人連れが川沿いに点々と座っている。

それぞれの二人の関係性は正路には知り得ないことだが、自分たちを含め、確かに皆、ほぼ等しい間隔を保っていた。

(僕たちも、無意識にそうしちゃったのかな。縄張りって感じで、ちょっと面白い)

よく見れば、草の上でお弁当を広げている人たちもいて、なるほど、この河川敷でランチは床より気軽で、それはそれでとても雰囲気がいい。

(僕たちもどこかでランチにしようよって言いたいところだけど、司野には人間の食べ物はマストじゃないし、僕も、朝ごはんを食べ過ぎて、あんまりお腹が空《す》いてないな。残念)

正路は、小さな溜《た》め息をついた。

今朝、アンリが張り切って用意してくれた朝食は、まさに「夢の旅館めし」であった。

そうはいっても、決して品数が多いわけではない。

小鍋《こなべ》仕立ての湯豆腐、焼き鮭、分厚い卵焼き、漬け物、そして釜《かま》で炊き上げられたピカピカのご飯。

飾り気のない一品一品が素晴らしく美味しくて、食材や調味料、調理法を吟味した末のシンプルなのだと、正路は思い知らされた。

司野は「これはいいな」と珍しくストレートに褒めていたし、正路も勧められるままにご飯を三杯もお代わりし、最後におこげのお茶漬けなどという究極の贅沢《ぜいたく》までしてしまって、チェックアウトしたときは、まだ腹がはち切れそうだった。

今はほどよき加減で、他人が美味しそうに食事をしているのを見て、羨《うらや》ましさを感じはすれ、まだ「食べたい」という気持ちにはなれない。

(司野がどうしてここに来たのかはわかんないけど、こういうのんびりした時間、ロンドンではほとんど持てなかったから、なんだか嬉しいな)

正路は投げ出していた膝《ひざ》を立て、両腕で緩く抱えた。膝小僧の上に顎《あご》をちょんと置き、まるで体育の時間の小学生のようにこぢんまりと座り直す。

陽射しで全身が温まり、さっきの気疲れのせいか、じんわりと睡魔がにじり寄ってくる。

正路がうとうとしかけたそのとき、司野がボソリと言った。

「ここくらいは、往時の面影を残しているかと思ったが……。同じなのは、水面《みなも》くらいのものだな。古都といえども、千年経てばほとんどのものは変わる」

「！」

瞬時に眠気は去り、正路は膝から顔を上げた。

「ここも、もしかして、司野にとってはゆかりの場所なの？　辰冬さんとよく来た、とか？」

司野はごく小さく頷《うなず》く。

「橋は辰冬の供や使いで、数知れぬほど渡った。河川敷に下りたのは初めてだが」

「そうなんだ。じゃあ、様変わりしてても、懐かしい場所だね」

「懐かしさなどという感情は、俺にはないがな」

そうは言っても、さっきから思い出の場所ばかり巡っているじゃないか……というツッコミを胸に留《とど》めて、正路は司野の話の続きを待つ。

またしばらく沈黙してから、司野は静かに言った。

「この河川敷……まさに俺たちがいるこの場所で、辰冬は命を落とした」

いきなりの物騒な告白に、正路は仰天して小さく飛び上がる。

「ええっ？　あ、ごめん、大きな声を出しちゃって。でも……ここ⁉」

思わず浮かせた腰をそろそろと下ろし、正路は何やら恐ろしいような思いで二人の周囲を見回した。

目に映るのはコンクリートと土と草だけで、何一つ、誰かの死に繋《つな》がるような要素は見当たらない。

(千年以上も経ってるんだから、そりゃ当たり前か。でも……)

正路は、やはり川の流れから目をそらさない司野に、恐る恐る問いかけてみた。

「いったい、何があったの？　誰かに襲われた？」

「事故だ。表向きはな」

「表向きは？」

司野はようやく顔を上げ、たくさんの人々が行き交う橋を見上げた。

「今の橋は架け直されたものだが、当時も、ほぼ同じ場所に橋があった」

「……うん」

正路も、当時の光景を少しでも想像しようと、今はコンクリート製の立派な橋を見上げる。

「その日の夜、辰冬はとある貴族の知り合いに招きを受けた」

「夜のお呼ばれっていうと、やっぱり食事？」

「基本は、飯と酒だな。あの夜は、望月《もちづき》だった。月見の宴《うたげ》であったかもしれん」

「ああ、なるほど」

頷く正路を見ず、司野はどこか他人事《ひとごと》のようなよそよそしい口調で話を続けた。

「普段は歩行《かち》を好む男が、そのときだけ、迎えに差し向けられた牛車《ぎっしゃ》に乗った。そして……あいつは死んだ」

「いや、それはあまりにも話が一足飛びだよ、司野。どうして？　何があったの？　事故って、もしかして、牛車の事故？　交通事故ってこと？」

司野は頷く代わりに、軽く目を伏せる。

「この橋を中程まで渡ったところで、牛車を曳《ひ》いていた牛が突然暴れ始めたんだ。従者は恐れをなして逃げ、制御が利かなくなった牛車は、橋の欄干に激しくぶつかり……辰冬は車内から放り出されて、真っ逆さまに河原に落ちた」

「！」

正路は、思わず息を呑《の》んだ。

司野の話しぶりは淡々としていて、だからこそ、その光景がありありと想像できたからである。

息荒く暴れる大きな牛、荒波に揉《も》まれる船のように激しく揺れる牛車、そこから放り出され、衣のたっぷりした袖《そで》を翼のように広げながら、スローモーションで落ちていく辰冬……。

「奴の身体は、まるで紙で作った形代《かたしろ》のように宙を舞い、なすすべもなく地面に叩《たた》きつけられ……動かなくなった」

「待って、司野。司野がいたらそんなことになる前に助けられ……あ！　そうか。司野は、そのときもう、壺《つぼ》の中に封じ込められていたんだね？」

司野は感情の読めない能面のような冷ややかな顔で頷く。

「そうだ。俺は壺の中から意識だけを飛ばし、主《あるじ》の死を見届けた。俺が供をしていさえすれば、奴とてあんな無様な死に方はせずに済んだだろう。自業自得だ」

「そんな言い方……！　でも、どうして牛が急に暴れたりしたんだろう」

「蜂だ」

「蜂？」

目を丸くする正路にようやく視線を向け、司野は頷いた。

「恐ろしく大きな蜂が飛んできて、牛の鼻面を刺した。その痛みで、牛がパニックに陥ったんだ」

「ああ、蜂。僕も刺されたことがある。凄《すご》く腫《は》れて痛かった。恐ろしく大きな蜂ってことは、スズメバチだろうな。あれっ、でも、夜だよね？　夜に蜂はいなくない？」

「お前にしては鋭いな」

司野はほんの一瞬、口角を上げたが、すぐに真顔に戻って言った。

「あれは、蜂ではなかった。蜂に身をやつした式だ」

「式？　妖魔《ようま》ってこと？」

「そうだ。辰冬と因縁があった陰陽師《おんみょうじ》が、俺という護衛を失った辰冬に、自分の式を差し向けたんだ。術で戦うなら、辰冬は当時存命のどんな陰陽師にも負けなかっただろう。だが……『交通事故』では、脆弱《ぜいじゃく》な人の身にできることはない」

「そんな……！　司野以外の誰も、そのことに気づかなかったの？　辰冬さんの同僚とか、他の陰陽師とか」

「辰冬は変わり者でならしていた。奴のために真相を追究しようと骨を折る同僚などいなかった。ただひとりの友が、辰冬が生前、口にしていた望みのとおり、亡骸《なきがら》を鳥辺野に葬った」

「よ……よくないけど、そこだけはよかった。ちゃんとお弔いはしてもらえたんだね。じゃあ、鳥辺野っていうところに、辰冬さんのお墓があるの？　そこにも行く？」

いや、と司野は小さくかぶりを振った。

「行ったところで、墓などない」

「えっ、でも」

「鳥辺野は、葬送の地だった。身寄りのない者、貧しい者たちの亡骸が打ち棄てられ、野ざらしにされ、朽ちていく場所だ」

「そんな……！」

「俺は、壷の中から出ることもかなわず、ただ辰冬の亡骸から夜盗が衣服を剝《は》ぎ取るのを、その身が腐っていくのを……やがて白々した骨になり、その骨すら砕けて土に還《かえ》るのを、ただ見ていた」

「司野……」

「せめて髑髏《どくろ》くらいは、この足で蹴飛《けと》ばし、踏み潰《つぶ》してやりたかった」

「司野！」

思わず非難じみた声を上げてしまった正路は、司野にジロリと睨《にら》まれ、小さな肩をすぼめた。

「ご、ごめん。僕に、何を言う権利もないのはわかってる。でも……司野、ここに来たってことは、ご主人様を悼んでるんじゃ？」

正路の言葉に、司野は不愉快そうに舌打ちする。

「人間の尺度で妖魔を測ろうとするな。俺にそんなつもりはない」

「でも」

「かつては壺の中から遠見するしかなかった場所を、この目で見、この足で踏みつけてみたかっただけだ」

「うう……」

それだけではないだろうと言いたかった正路だが、さすがにこれ以上、司野と論争する度胸はない。しおしおと引き下がった彼に、司野は荒っぽく言った。

「俺は今しばらくここにいる。お前は好きにうろついてこい」

口調の厳しさに反して、実際は、下僕に自由時間を与えるという太っ腹な申し出だ。

しかし正路は、首を横に振った。

「もし、邪魔ならどこかへ行くけど、そうでないなら、一緒にいさせて。お墓がないなら、辰冬さんが命を落としたこの場所で、感謝の気持ちを伝えたいっていうか……」

「感謝だと？　お前が辰冬に感謝する筋合いなどなかろう」

司野の鞭打《むちう》つような声音にビクッとしながらも、正路は小さな声で言い返した。

「そんなこと、ない。司野が辰冬さんの式神にならなかったら、僕は司野に出会えてないし、轢《ひ》き逃げされたあの夜に死んでいたはずなんだから」

そんな正路の言葉に、司野は少し驚いた様子で目を見開き、しかし何も言い返そうとはしなかった。ただ、好きにしろと言いたげに、肩を僅《わず》かに竦《すく》めただけだ。

「……ありがとう。黙ってるから」

それだけ言って、正路はさっき司野がしていたように、川の流れに目をやった。

司野は服が汚れるのも気にせず、草の上にゴロリと仰向《あおむ》けに横たわる。

千年余り昔、司野の主である辰巳辰冬が無惨に命を散らしたというその場所で、ふたりはそれぞれの想いを胸に、ただ静かに時を過ごした……。

五章　絡み合う過去

「おい、起きろ」

乱暴に肩を揺すられ、正路は驚いてガバッと起き上がった。

目の前には、司野の仏頂面がある。

「うわっ、司野。ビックリした。心臓、バクバクしてるよ。僕、どうして……」

自分が、自宅の寝床とは比べものにならないほど、大きくてふかふかのベッドに寝ていたことに気づき、正路は一瞬ポカンとしてから、「ああ」と納得の声を出した。

「そっか、ホテルに入って、ひと休み……って思ったら、寝落ちしてたんだね、僕」

まだ鼓動の速い心臓を、手のひらで軽く胸を叩いて落ち着かせつつ、正路は室内を見回した。

昨日の旅館とは打って変わって、今日の宿は、京都市役所近くのホテルである。

昨夜、正路が湯あたりで伸びている間に、司野はアンリに京都の宿の手配を頼んでいたらしい。

ロンドンのホテルほど豪奢《ごうしゃ》ではないが、広々した客室にシンプルで上品な調度品が置かれた、いかにも京都らしいクラシックな設《しつら》えだ。

部屋の灯りが点《つ》き、大きな窓から見える外がすっかり暗くなっているのに気づいて、正路は焦って司野に謝った。

「ごめん、もう夜だね。ちょっと横になるだけのつもりだったのに、ご主人様をほったらかして、こんなに寝ちゃうなんて」

「まったくだ」

自分のベッドに腰を下ろした司野は、呆《あき》れ顔で応じたが、正路が危惧《きぐ》したほどは気分を害していないように見えた。

「辰冬の奴が、『日に当たると、人は必ず眠くなるのだよ』と、よく長い昼寝の言い訳をしていたが、どうやら一分の真《まこと》はあったようだな。俺の下僕もそうだったとは」

「それは確かにあるかも。宿に移動したの、三時前だったもんね。けっこう河原で長く過ごしたから、お日様に酔っ払ったのかもしれない。司野は大丈夫？」

「俺をそのへんの妖魔と一緒にするな。日光など何でもない。とはいえ、特にすることがあるでなし、お前の横に寝転がって、お前が無防備に垂れ流す『気』を吸っていた」

「こ、ここでも？」

「お前がいつぞや俺にしたように、胸元を手のひらで軽く叩《たた》いてやったら、機嫌よくムニャムニャ言いつつ、なかなかいい『気』を出していたぞ」

「ちょ……ちょっと、何してるの……！」

正路は、司野の言葉に思わず頬を染めた。

出会ったばかりの頃、ご主人様の当然の権利として、正路を抱くことで「気」を吸い取ろうとした司野を、正路は必死で拒んだ。そして、その代わりに提案したのが、ただ同衾《どうきん》することで、正路の「気」を提供することだった。

以来、司野の気が向いたとき、正路は彼の部屋に呼ばれ、ひとつ布団に潜り込んで共寝する。

最初はガチガチに緊張していた正路だが、彼をリラックスさせて上質の「気」を放たせるため、司野はいつも、昔の話を少し語って聞かせてくれる。

彼の亡き主《あるじ》である辰冬や、「忘暁堂」先代店主夫婦とのささやかな出来事を、独特の素っ気ない口調で聞くのが嬉《うれ》しくて、いつしか司野と共に眠ることは、正路の密《ひそ》かな楽しみになりつつあった。

とはいえ、そうしたお喋《しゃべ》りもなしに、知らない間に司野が自分の隣で寝ていた、しかも子供を寝かしつけるようなアクションをされていたと思うと、今さらではあるが、正路は気恥ずかしくなってしまう。

そんな正路の羞恥《しゅうち》などお構いなしに、司野は脱ぎ捨てていたカーディガンを再び着込み、立ち上がった。

「そろそろ時間だ。出掛けるぞ」

「出掛けるって、どこへ?」

「晩飯だ。お前が興味を示すことを予測していたのか、ヨシダの奴が夕食にと鴨川の床を予約していた」

「ヨシダ? ああ、アンリさん! 宿だけじゃなく、晩ごはんまで?」

「夕食は奴の奢《おご》りだそうだ。施しを受けるつもりなどさらさらないが、まだ五年前の感謝をし足りないというので、受けてやることにした」

受けてやるではなく、そこはありがとうでは……と指摘したいところだが、それを妖魔《ようま》に言ったところで意味はないのだろう。食事のあとで、お礼の電話をしておこうと正路は思った。

「いつまで寝床に座りこんでいる。行くぞ」

行くぞ、と言ったときにはもうずいぶん先まで歩いてしまっている司野である。

「すぐ行く! って、靴をどこに脱いだんだろう、僕」

いつも大慌てだ……と自分自身に呆れながら、正路はベッドの脇に脱ぎ捨てられていたスニーカーに足を突っ込み、ショルダーバッグを引っ摑《つか》んで、もう部屋を出ていった司野を追いかけた。


それから、三時間ほど後。

二人の姿は、鴨川沿いの一軒のレストランが出している床席にあった。

床といえば、座卓を置いて座布団に座るものだと正路は思い込んでいたが、その店の床は、テーブルと椅子が置かれ、供されるのはなんとフレンチのフルコースだった。

一品ずつゆったりしたペースで運ばれる料理を味わい、周囲の床から聞こえてくる喧騒《けんそう》に耳を傾けながら、川向こうの夜景と、涼しい夜風を楽しむ。

実に風雅なひとときを過ごし、とうとう最後のコーヒーと小さな焼き菓子を楽しみながら、正路は昨夜、今朝に引き続いて満腹を一歩、二歩とはみ出してしまったシャツの腹をさすった。

「はあ、この二日、贅沢《ぜいたく》し過ぎた。司野と一緒にいなかったら、一生知らなかったと思うよ、こんな旅先での過ごし方。今日だって、床も初めてなら、トリュフもハモも初めてだった。トリュフはちょっとよくわからないけど、ハモのフライ？」

「フリット」

「それ！　美味《おい》しかったねえ。衣はカリッとしてて、ハモの身はフワフワで。骨切りって言うんだっけ。世の中には、色んな美味しいものがあるんだな」

司野は、親指の先ほどの可愛いサイズのマドレーヌをぞんざいに口に放り込み、「お前は何につけても、ものを知らなすぎる」と苦言を呈した。

「うう、返す言葉もないです。今も、物知らずに変わりはないけど、司野と出会ってから、これまでの人生で一度もなかったくらい、新しいことばっかり経験してる。司野と出会わなければ……あそこで轢《ひ》き逃げされなければ、僕はどうなってたんだろうって、時々思うんだよ」

正路も、何だろうと思って口に入れたのが、小さいのに驚くほど濃厚な、温かいバナナケーキであることに驚きながらそう言った。

司野は冷ややかに言い返す。

「大学にはいくら努力したところで合格せず、失意のうちに困窮して帰郷すれば、家族は既に廃業しており、自暴自棄になってろくでもないことに手を出して悉《ことごと》く失敗したか、あるいは、郷里で与えられた仕事に甘んじていたか。せいぜいそんなところだろう。まったく想像に難くない」

「……僕がやんわり胸の中で考えてたことを、そこまでビビッドに突きつけないでほしかった。心臓が痛くなりそう」

正路は、テーブル越しに、向かいに座る司野を見た。彼の背後には、残念ながら正路からは地面が見えないが、辰冬が落命したという河川敷が広がっているはずだ。

「平安時代に、司野が辰冬さんに負けて。辰冬さんが司野を式神にして。そして、どうしてだかわからないけど、司野を壺《つぼ》の中に封じ込めて地中に埋めて。……それから千年経って、工事で壺が割れて、司野が自由の身になって」

唐突にこれまでの流れを要約し始めた下僕を、司野はコーヒーカップに唇を当てたまま、怪訝《けげん》そうに眉《まゆ》をひそめて凝視する。

正路は、まるでご主人様の足跡を辿《たど》るように、指を折りながら話を続けた。

「また人間の姿になれるようになった司野が、大造さんとヨリ子さんに出会って、一緒に暮らして、お店を継いで。そして僕が、偶然司野の通る道で、轢き逃げに遭って死にかけて……。今、僕らがこうして一緒にいるのって、物凄《ものすご》いことの連続の結果なんだと思ったら、何だか不思議すぎて感動しちゃうよ」

「……そういうものか？　起きたことは起きたこと、それ以上の何ものでもないだろうに。人間はすぐ、己の経験に因果関係や理由を求めたがる。それに何の意味がある？」

正路は、小さなメレンゲをつまみ上げて口に入れ、ゆっくりと溶かしながら考えて、それから再び口を開いた。

「理由や因果関係は、考えたって、僕にはわからない。でも……起きたことのすべてに、感謝したいなって今思ってる。轢き逃げは全然嬉しくないけど、でも、それが司野に出会うのに必要なことだったとしたら……」

「したら？」

正路は、自分の心をもう一度確かめるようにコーヒーを一口飲み、そしてカップをソーサーに戻して、司野を真っ直ぐに見た。

「轢き逃げされてよかった。そう言えるくらい、僕、司野に出会えてよかった。今、一緒にいられて嬉しい。そう感じてる」

まるで友情か愛の告白のようで、正路は喋《いぶか》りながら丸みのある頬を真っ赤にする。だが司野のほうは、むしろ正路の発言を訝しむ顔つきをした。

「何だと？　妖魔の下僕に身を堕《お》としたことが、嬉しい？　とんだ奴隷根性だな」

「そういうことじゃなくて！　下僕の身の上は、さすがにちょっと色々考えちゃうところはあるけど、それでも、命を助けてもらったんだもん。僕には、下僕でいること以外に、司野に少しでも恩返しできる手段が見つからない」

「それはそうだな」

「衣食住を引き受けてもらって、色んなことを一緒に経験させてもらって、色んな人に会わせてもらって、司野のこと、少しずつ知ることができて……。『身を堕とした』なんて、とても思えないよ。僕、今、凄く充実して、幸せなんだ。司野のおかげだ」

司野は冷淡に言い返すのをやめ、薄い唇をへの字に曲げた。

その不機嫌そうな表情が、実は司野が若干面食らっている、あるいは照れているときの表情だと、正路は半年の同居生活を経て、わかるようになっていた。

人間相手なら、この先は「汲《く》んでくれ」と言いたいところだが、妖魔の司野は、慮《おもんぱか》るということができない、あるいは敢《あ》えて試みようとしない。

だからこそ、今、こうして旅先で共に長い時間を過ごせるときに、思いきってもう一歩、正直な想いを伝えてみよう。

そう考えた正路は、腿《もも》の上に両手を揃え、司野の顔を見つめて、小さな咳払《せきばら》いをした。

「あのね、司野」

その、いつもの引っ込み思案な正路とは違う気合いの入った顔つきに、司野も「おや」と言いたげな様子で、微妙に居住まいを正す。

「何だ？」

「司野は、僕のことを出来の悪い下僕とか、ちょっとくらいの妖力の足しになる『歩く食料』くらいにしか思ってないかもしれないけど、僕のほうは、この半年で、司野のことを少しずつ知って、毎日司野と色んな話をして。勿論《もちろん》、八割くらいは僕が喋《しゃべ》ってるんだけど、それでも！」

「……話が長い」

「ごめんなさい！　つまり、僕は、出会ったときより、ずっと司野のことが」

そのとき、かなり離れた場所からと思われる音楽が、二人の耳に飛び込んできた。

力強く、遠くまでよく響く楽器の音色である。

意を決して口にしようとした一言を阻まれ、正路はガックリして音のしたほうへ顔を向ける。

どうやらその音楽は、鴨川河川敷の、上流のほうから聞こえてくるようだ。

「何だろ。笛？」

すると司野は、顰《しか》めっ面で即答した。

「篳篥《ひちりき》だな。奇妙な曲に、まずい演奏だ」

「下手なの？　僕にはわからないけど……。篳篥って、雅楽の楽器だよね」

「ああ。雅楽では主旋律を奏する、大地の音だ」

司野が頷《うなず》いたとき、河川敷をこちらへバタバタ走ってくる人々の足音や話し声が、河川敷に張り出した床面越しに聞こえてきた。

「京都にカギロイ来てるん違うかった!?」

「えっ、嘘、そしたらこれ、カギロイの笛？」

「明日《あした》、コンサートしはんねんて」

「えっ、カギロイここにいるの？」

「シークレットライブらしいで！　あっちから聞こえるん違う？　行ってみよ！」

「うそー、コンサートのチケット取れへんかったから、タダで聴けたらめっちゃラッキーやな」

「笛もいいけど、顔見たい！」

「結局、顔目当てか！」

乱れた呼吸と共に口々にそんなことを言い合いながら、人々は上流のほうへ走っていく。

司野は、眉間《みけん》に深い縦皺《たてじわ》を刻んだ。

「カギロイ？」

正路は、「あー！」と、納得顔で司野に説明を試みた。

「僕も昨日の夜、他の宿泊客の会話を聞いて知ったんだけど、今、大人気の雅楽ミュージシャンらしいよ。京都駅にも、コンサートのポスターがあった。凄くかっこよさげな写真だったなあ」

「雅楽……ミュージシャンだと。それにしても、気に入らん名だ。篳篥の音色も、やけにカンに障る」

不機嫌そうに吐き捨てた司野に、正路は首を傾げる。

「上手下手は僕にはわからないけど、これだけ人気なんだから、上手なんじゃないの？」

「雅楽の上手下手など、この時代の人間にはわかるまい。辰冬の笛程度には酷《ひど》いぞ」

「辰冬さんの笛も一緒にディスられてる……。そう、なんだ。やっぱりかっこいいからかな。でも、失神コンサートなんだって。昨夜《ゆうべ》、そう聞いた」

司野の眉間の皺は、ますます深くなる。薄い紙なら、三、四枚は挟めそうだ。

「失神コンサート？　なんだ、それは。奏者が失神するのか？」

「僕もそう思ったけど、調べてみたら逆だった。カギロイさんのコンサートに来たお客さんが、演奏を聴いてるうちに、興奮しすぎて気絶するみたい。そんなに盛り上がる雅楽って、僕、知らないんだけど」

「俺も知らん。なんだ、その何もかもが胡散臭《うさんくさ》い奴は」

司野の不機嫌メーターが、見る間にガンガンと上がっていくのが正路には感じられた。

せっかくの楽しい食事の締め括《くく》りがどうにも不穏な状況なのは残念だが、ここまで話してしまって、「まあどうでもいいじゃないか」と片付けることはできそうにない。

「だから、僕もよく知らなくて……。あ、ちょっと待って」

正路はスマートホンを出して検索し、出てきた写真を画面いっぱいに拡大して、司野に差し出した。

「出てきた！　ほら、この人だよ。僕も初めて顔を見たけど、かっこいいね！　司野とはまた違ったかっこよさが……」

「……ッ」

司野の喉《のど》から、何かが風を切るような鋭い音が聞こえた。

「えっ？　司野？　どうかした？」

（まさか、司野以外の人を「かっこいい」なんて褒めたから、怒ってる……？　いや、まさかね。でも司野、見たことがない顔してる）

司野の端整な顔は明らかに強張《こわば》り、血液など通っていない仮の器だとわかっているのに、何故か血の気が引いたように感じられる。

何故か司野は、正路が見せた「雅楽ミュージシャン　カギロイ」の広報写真に、大きなショックを受けているようだ。

「カギ……ロイ……」

「うん、カギロイさん。変わった名前だよね。外国にルーツがある方なのかな」

「そいつの出自なら、この俺が知っている。闇だ」

「えっ？」

司野の日本刀を思わせる切れ長の目にも、押し殺した低い声にも、正路が身震いするような、冷たい、それでいて苛烈《かれつ》な怒りが満ちていた。

正路は、そろそろとスマートホンを引っ込める。

「まさか司野、カギロイさんと知り合いなの？　何か、トラブルでも……？」

「トラブルだと？」

司野は険しい顔で立ち上がった。

あまりの勢いに椅子が後ろへ倒れ、周囲にいた客たちが驚きの目を向けてきたが、そんなことを気にする様子もない。いや、余裕がないと言うべきか。

「司野？　ほんとにどうしたの？」

オロオロと自分も席を立つ正路の問いには答えず、司野は、相変わらず流れてくる篳篥の、どこか哀愁を感じる旋律を、片手で振り払うようなアクションをした。

「カギロイ……陽炎《かぎろい》。この顔……そうか。奴か」

「司野？　大丈夫？」

司野の腕に触れようとした正路の手を拒み、司野は掠《かす》れた声で言った。

「陽炎。奴が、辰冬を殺した」

「！」

今度は、正路が息を呑《の》む番である。

「司野、それってどういうこと……？」

愕然《がくぜん》とする正路に、司野は厳しい面持ちのままで短く答えた。

「言ったとおりだ。……さっき、失神コンサートと言ったな？」

正路は、わけがわからないままこくこくと何度も頷く。

「うん。噂だけど」

「そして今、上流で……何と言った？」

「河川敷を走ってった人たちが、シークレットライブって、言ってたね。さっきから、この笛の音しか聞こえないから、ひとりで本当に突発的に演奏をしているのかも」

「……行くぞ！」

そう言うなり、司野は店の中へ駆け込んだ。床にいる人々だけでなく、店内にいた客やスタッフたちも仰天して、弾丸のように店を駆け抜け、外へ飛び出していく司野をただ見ている。

「司野⁉　ちょ、お勘定……ああいや、お勘定はアンリさんか、でも黙って帰るのはちょっと……あああ」

とにかく、今の司野をひとりで行かせるのは、あまりにも危なっかしい。正路は、心配して飛び出してきた店員に、「大至急の用事ができた」とだけ告げ、慌ただしく謝って、自分も外へ出た。

店の前は細い路地になっていて、もう午後九時を過ぎているというのに、未《いま》だ観光客の姿が多い。

もはや、右を見ても左を見ても司野の姿は見えないが、とにかく、彼は河川敷に下り、上流にいるというカギロイを目指して疾走しているに違いない。

(司野が本気で走ったら、絶対追いつけないけど、それでもできるだけ速く……！)

正路は、河川敷に下りる道を見つけるべく、上流の方角へ向かって、人混みをすり抜けるようにして駆け出した。


遊歩道には、同じように篳篥《ひちりき》の音がするほうを目指す人々がたくさんいた。皆、シークレットライブを一目見ようと、暗い道を走って向かっている。

(司野……司野、お願いだから、滅多なことはしませんように。カギロイさんが、辰冬さんを殺したって……いったいどういうことなんだろう。牛車《ぎっしゃ》の牛が暴れた原因は蜂だって言ってたけど……)

全速力で走りながらでは、どうにも思考がまとまらない。

とにかく司野を捜そう、追いつこうと、正路は人混みに紛れて必死で駆けた。

やがて、目の前に黒山の人だかりが見えてくる。

おそらく、百人は下るまい。

皆、押し合いへし合いの上に、何とかしてその向こうにいるであろうカギロイの姿を写真や動画に収めようと、腕をいっぱいに伸ばしてスマートホンやタブレットを構えているので、小柄な正路には、前方がまったく見えない。

ただ、さっきよりはかなり近くで、篳篥のピンと張りのある音が響いている。

（ああ、駄目だ。四方八方、囲まれてる。全然人波の向こうが見えないや。司野も見つからない。ここ、ちょっと薄暗いし……あれ？）

どこからか人垣に割り込めないかと、そわそわ周囲を回っていた正路は、ふと、背筋がゾクッとして振り返った。

「今、何か……」

すぐ背後に気配を感じたが、振り返っても、特に何もない。ただ、こちらへ向かって次から次へと走ってくる人々が見えるだけだ。

（まずい。このままじゃ、ますます人が増えて、司野がどこにいるかわからないままになっちゃう）

焦っても仕方がないのだが、焦らずにはいられない。だが、正路はふと、奇妙な現象が起こっていることに気付いた。

カギロイの篳篥の音色のするほうへまっしぐらに突進してきていたはずの人々が、すぐそこまで来て足を止め、しばらくぼんやりと立ち止まって、虚《うつ》ろな目で首を傾げ……そして、とぼとぼと去っていくのだ。

「ええっ？　なんで、ここまで来て？」

正路は、驚いて目をパチパチさせた。

確かに、この混雑ぶりでは、カギロイの姿を見ることはもはや難しいかもしれない。シークレットライブの画像を撮影して、マスコミにでも売ろうと思っていた人なら、落胆し、諦《あきら》めて帰ってしまっても不思議はなかろう。

しかし、いかにもカギロイのファンとおぼしき女性たちまで、近くで音楽に耳を傾けることもなく、むしろ不思議そうな顔つきで帰ってしまうのは、どうにも様子がおかしい。

彼らの会話に耳をそばだてた正路は、あまりの不気味さにゾッとした。

「なんで走ってきたんやったっけ」

「さあ？　かけっこ？」

「そんなアホな。……いや、ホンマになんでやったんやろ。まあええか、帰ろ」

「うん、木屋町《きやまち》あたり、呑みに行こうよ」

「ええね！」

すぐ近くにいた女性たちは、そんな会話をして立ち去っていった。後から来た人々は、皆、人垣の近くまで来ると、面白いように回れ右してしまうのだ。

(え……？　どういうこと？　だって、笛の音色、ずーっと聞こえてるのに)

すると、耳元で低い声が聞こえて、正路は今度こそ飛び上がった。

「結界だ」

「えっ？　あ、司野！」

正路は驚きと安堵《あんど》が一緒にやってきて、思わず胸をさすった。

「飛び出して行っちゃったから、心配したんだよ。それより、結界って……」

すると司野は、正路の耳もとに口を寄せ、囁《ささや》き声で告げた。

「あまり大騒ぎになっては面倒なんだろう。陽炎の奴、結界を張ることで、新たに来た客に、自分を認識させないようにしたんだ。記憶がおぼろげになる妖術《ようじゅつ》でも、結界に込めたに違いない」

「そんなこと、できるんだ？」

「やり方を知っていれば……そして、力さえあれば」

司野が答えたそのとき、演奏が止み、人垣がどっと沸いた。

「皆様、今宵《こよい》は突発的なわたしの演奏会にお付き合いいただき、まことに恐縮至極に存じます。今宵、携えておりますのはこの笛一本。どうか、ほんのひととき、素朴なれど豊かな篳篥の音色をお楽しみください」

（これが、カギロイさんの声。相変わらず姿は見えないけど、声もイケボっていうか、豊かな声だな。笛と同じくらい、よく響く）

人々は、カギロイの口上に拍手で応《こた》える。スマートホンやカメラのシャッター音が、あちらこちらから聞こえて、それ自体がちょっとした音楽のようだ。

(司野の声は、鞭《むち》かレーザービームみたいに鋭いけど、カギロイさんの声は……朗々としてるっていうか、何だか余裕を感じるなあ)

そんなことを正路が考えていると、司野がやはり長身を軽く屈《かが》め、正路に耳打ちした。

「今のうちに、急ぎ、第三の目を起こしておけ」

「えっ」

正路はギクリとした。

第三の目とは、司野が正路にその存在を教えてくれた、不可視の……しかし確かに存在する、不思議な目のことだ。

いや、それが実際に目の形をしているかどうかさえ、正路には知る由もない。

眉間《みけん》のあたり、皮膚の下、骨の向こうに存在するらしき「それ」が開くと、正路の精神は本当の意味で覚醒《かくせい》し、この世にあらざる者たちの姿が見え、あるいは感じられるようになるのである。

「待って司野、起こしておけって言われても、僕、自力では」

正路が司野に無理だと訴えようとしたそのとき、再び篳篥の音が辺りに響き渡った。

自分たちが結界の中に閉じこめられた状態だとは気づきもしない観客たちは、歓声といっそう大きな拍手で歓迎の意を示した。

(待って、結界を張ってシークレットライブって、どういうこと？　ただ単に人数制限ならわかるけど、司野が「第三の目」を起こせって言うからには、何か……。いや、でもこれ、さっきまでと同じ篳篥の音色……)

　正路は混乱したまま、夜の空気をピリピリと震わせて響く、篳篥の音色に聞き入った。

　さっきまでの優雅で穏やかな曲とは、まったく違う曲調だ。

　旋律のアップダウンが激しく、テンポが速く、きつく息を吹き込んで、まるで刃物で切り上げるような激しい音色が響く。

「これ、きっとオリジナル曲だよね。こんなに激しい雅楽、僕、初めて……あっ」

　司野に、曲の印象を告げようとしていた正路は、驚いて飛び退《しさ》った。

　前にいた数人の男女が、いきなり正路たちのほうへ倒れ込んだのだ。

「ちょ……だ、大丈夫ですか？　誰か……ええっ？」

　地面にしゃがみ込み、彼らを介抱しようとしつつ、助けを求めるべく周囲の人たちに呼びかけた正路は、突然訪れた恐怖に、童顔を引きつらせた。

　カギロイを取り囲む人垣のあちこちから、人が次々と倒れていくのが見えたからだ。

　皆、仰向《あおむ》けにバターンと、糸が切れた操り人形のように卒倒する。

それなのに、周りにいる他の人々は、それに気づく様子がまったくない。

皆、ただ激しい篳篥《ひちりき》の音色に身を委《ゆだ》ね、うっとりと身体を揺らめかせている。その揺れ幅が時計の振り子のように大きくなり、瞼《まぶた》がゆっくりと閉じた瞬間、皆、呆気《あっけ》なく意識を失い、地面に倒れ込んでしまうようだ。

「これって……いったい……あっ」

ただひとり、狼狽《ろうばい》していた正路は、立ち上がりかけてよろめいた。

何故か、両脚に力が入らない。

いや、脚だけではない。体幹も、両腕も、首も、とにかく身体を支えるために必要な関節が、ひとつひとつスイッチを切られるように脱力していくのがわかる。

(これ、まずい。もしかして、これって、カギロイさんの音楽のせい？　これが、失神コンサートの実態……？)

それでもどうにか足を踏ん張り、立ち続けようとしていた正路だが、ついに瞼が白旗を揚げた。大きく目を開けていようとするのに、まるで自動シャッターのように瞼が閉じていくのがわかる。

(ヤバい。このままじゃ、僕も倒れ……)

努力も虚《むな》しく、膝《ひざ》がガクンと砕け、あとは地面に倒れ伏すばかりというところで、ようやく司野の力強い腕が、正路のウエストに回された。そのままグイと抱き起こされ、彼にもたれかかる形で、正路はどうにか昏倒《こんとう》を免れた。

「阿呆《あほう》。第三の目を開けと言っただろうが！」

司野の叱責も、どこか遠くから聞こえるようだ。正路は、必死で声を振り絞った。

「だ……って、ひとりじゃ、む、り」

「ならばさっさとそう言え！」

低く叱りつけると、司野は冷たい人差し指を正路の眉間に当てた。途端に、氷の槍《やり》に貫かれたように、鋭く激しい痛みが、指を立てた箇所から正路の脳を貫く。ゆっくりと、深いところで大きな目が開いていくのがわかった。

「……ッ！　ん、むぅ」

思わず上げかけた悲鳴は、司野の唇に吸い取られて消えた。

体温のない妖魔の唇が、正路の温かな唇にピッタリと重ねられる。苦痛に喘《あえ》ぎつつ、正路は、朦朧《もうろう》とした意識の中で、司野から自分に温かな何かが流れ込んでくるのを感じていた。

(これ、は……)

おそらくは、ほんの数秒のことだったのだろう。

徐々に篳篥の音が再び近づき、全身に力が入るようになってきた正路から、司野はあっさりと身体を離した。

「あ……」

とりあえず、司野に礼を言おうとした正路だが、目に映る景色がガラリと変わっていることにギョッとし、言葉を失う。

覚醒した第三の目には、赤黒く脈打つ血管網のような結界が映っていた。

その結界から伸びた枝が、ひとりひとりの観客の身体に刺さり、そこから血液……いや、「気」を奪っていたのだ。

結界の「血管網」は、まるで花が開くように人々が順番に倒れていく、人垣の中央へと「気」を送り込んでいく。

「あれが……僕にも刺さってた？」

「ああ。もう抜いた。動きが遅いから、第三の目さえ開けば、愚鈍なお前でも見て避けるだろうと思っていた。買いかぶった」

辛辣《しんらつ》に言い捨てて、司野は、人垣の向こうに見えてきた篳篥の奏者を見据えた。

ゆっくりと倒れ続ける人々は、まるで花びらのようだ。

そして、花芯《かしん》にあたる部分に立ち、結界からもたらされる観客たちの「気」を心地よさそうに浴びながら、篳篥を吹き続けているのは……まだ若く見える男性だった。

正路がポスターで見たように、まっすぐで長い、紅蓮《ぐれん》の髪。

長身を純白のスーツに包んで立つその姿は、神々しくさえ見えた。

司野とは対照的な、優美でありながら、どこか猛々《たけだけ》しい空気を纏《まと》った人物である。

「あの人が……カギロイさん？」

「人などであるものか。あれは妖魔《ようま》だ。俺と……同じ」

やはり怒りが滲《にじ》んだ声で吐き捨てて、しかし司野は、早口で正路に囁《ささや》いた。

「奴はおそらく、俺と違い、この千年を自由に生きてきたんだろう。口惜しいが、力の差が圧倒的だ。俺には、この結界を破ることはできん。奴を退けることもできん」

「ええっ？」

正路は、驚愕《きょうがく》した。世の中に万能の存在などないとわかってはいても、司野なら何だってどうにかする、そう思っていたふしが、正路にはある。

「それって、司野は……カギロイさんにかなわない、ってこと？」

「ハッキリ言ってくれる。だが、少なくとも今は、そういうことだ。少々、己を過信していた。いや、怒りで正常な判断力を失した。これは俺の過ちだ。いいか、そこにいろ。俺がどうにかして、結界の一部をこじ開ける。その隙に逃げろ」

「そんな……！」

正路が抗弁する隙を与えず、司野は、カギロイに向かって一歩、また一歩と、倒れた人々を避《よ》けて、ゆっくりと歩み寄っていく。

（僕がついて行けば、きっと邪魔になる。でも……でも）

いつも冷淡なことを言う司野だが、下僕である正路の命を自分が預かっているという意識は強い。さっきの言葉どおり、自分の失態に正路を巻き込むことは、司野の性格上、あり得ないだろう。

(司野は、自分がカギロイさんにやられても、僕を逃がすつもりだ。でも、そんなのは嫌だよ、司野。せっかく出会えて嬉《うれ》しいって、言ったばかりじゃないか)

正路はまだ少しふらつく足に力を入れて踏ん張り、両の拳《こぶし》を握りしめる。

一方、最後の観客が倒れたところで、カギロイは篳篥を吹くのをやめ、そっと口を離した。

その闇のように深い漆黒の瞳《ひとみ》が、正路をサラリと舐《な》めて、自分に近づいてくる司野にひたと据えられる。

「おや、お前たち……というか、お前の顔には、見覚えがあるねえ」

「こちらにもある。貴様のその姿、最初の主《あるじ》を模したか」

司野は、危機に陥っているなどとは感じさせない、いつもの堂々とした態度で声を発した。だがカギロイは、少しも驚く風はなく、にい、とやけに赤い唇の端を吊《つ》り上げた。

「ふむ……。あまりに今様《いまよう》のなりをしているから、一瞬わからなかった。お前、辰巳辰冬のところの式神だね。司野とかいったかね。野を司《つかさど》るとは、尊大な名だ」

「そうだ」

「ふふ、お前、主の怒りに触れて、壺中《こちゅう》に封じられたと聞いていたけれど？　自由の身になれたとは喜ばしい。でも、もう遅いじゃないか。お前がいなかったおかげで、お前の主を屠《ほふ》るのは、赤子の首を捻《ひね》るより容易《たやす》かったよ。あそこの橋から落ちて、首の骨をポキリだ」

カギロイは、手にした篳篥を、真っ二つに折る仕草をしてみせる。

「……貴様！」

息をひそめて見守る正路の前で、司野の広い背中から銀色の「気」が放たれる。それはまさに、怒りの炎が燃え上がるようだった。

（カギロイさんは……本当に、辰冬さんを殺した。そうか、妖魔なら、姿を変えられる。蜂の姿になって、牛車《ぎっしゃ》の牛を）

ようやく事情を把握した正路の胸にも、ズシンと重いものが満ちていく。

カギロイは、値踏みするように司野の全身を見回し、クスクスと笑った。

「哀れな。長年の幽閉で、力が衰えたままじゃないか。お前、よくそんななりで僕の前に立ったものだね。ああ、そうか、主の後を追うべく、介錯《かいしゃく》でも頼みに来たのかい？　そこの人間は、その手間賃かな。気が利いているじゃないか」

「確かに、妖力の差を侮ったのは俺の過ちだ。だが、辰冬の後など追うものか。そして、あれは俺の下僕だ。貴様の餌などにはさせん」

毅然《きぜん》と言い放ってくれる司野の気持ちが嬉しくて、正路の胸は高鳴る。だが、そんな司野の言い様が、カギロイには可笑《おか》しくて仕方がないようだ。

「あははは、コンサート前にちょっと景気づけの食事をしようと思ったら、思わぬご馳走《ちそう》が飛び込んできたものだ。お前の意図はどうあれ、あの人間の『気』は、なかなか旨《うま》そうだ。うーん、そうだな。こいつらはさしずめ前菜、あの小さな人間は副菜で、お前が主菜ってところかな。今夜はいい食事ができそうだ。弱っているとはいえ、お前クラスの妖魔を喰らうのは久し振りでね。楽しみだな」

カギロイの長い舌が、血の色の唇をペロリと舐める。三日月形になった細い目は、司野と正路に交互に注《そそ》がれた。

「さあ、どっちから喰らおうかな。お前の下僕に、ご主人様が喰われるところを見せてやるのがいいかな。お前が、辰巳辰冬の最期を、指をくわえて見ているしかなかったように」

「陽炎。貴様……ッ」

カギロイのターゲットが正路だと悟るや否や、司野は左手を手刀の形にして、右上から左下へ鋭く振り下ろした。

彼が全身にまとった銀の「気」が、ブーメランのように飛んで、ドクドクと不気味に脈打つ結界の一部を切り裂く。

だが、ちぎれた「血管」たちは、すぐに融合し、空いた穴は狭くなっていく。

「逃げろ、正路！」

司野は振り向かずに怒鳴った。カギロイは、不愉快そうに唇を歪《ゆが》める。

「小賢《こざか》しい。逃がさないよ」

「行かせはせん」

司野は、カギロイの進路を阻むように、二人の間に立ち塞《ふさ》がる。

「司野……！」

（本当に、自分を盾にして、僕を逃がしてくれるつもりだ。でも、駄目だよ。そんなの嫌だよ）

正路の両目から、たちまち涙が溢《あふ》れた。

主の仇《かたき》に千年越しで遭遇したのに、手も足も出ない悔しさ。それはまさに、ずっと劣等生、ずっと落ちこぼれの仲間はずれだった正路には、痛いほどわかる気持ちだ。

その身を焼くような悔しさの中でも、自分の命を守ろうとしてくれる。そんな司野を置いて逃げることは、正路にはとてもできなかった。

（怖い。怖いけど、ここで逃げるほうが怖い。司野と離れるほうが……僕はずっと怖い）

「正路ッ！　早く逃げろというのに！」

正路がいっこうに動く気配がないので、司野は苛立《いらだ》って声を荒らげる。鼓膜を直接殴りつけるようなその鋭い声が、むしろ正路にとっては、スタートを告げるピストルの音のように感じられた。

まだ軽く脱力していた全身に、みるみるうちに、さっき司野に貰《もら》った「気」が満ちていく。金色の「気」が肌から湧きだし、自分の体を包んでいくのが見えた。

(僕は、逃げない！　今回だけは、絶対に！)


僕が、司野を、守る。


司野が聞いたら、鼻で笑うか、激怒するか。そんな大それた決意を抱いて、正路は走り出した。塞がりつつある結界の外ではなく、司野に向かって。

「正路⁉」

「さっきの分、返す！　僕のも、全部あげる。だから、何とかして！　二人で逃げよう！」

驚く司野に抱きつくと、正路は自分から司野の唇に触れた。いや、齧《かじ》り付いたといったほうが正確だろうか。

自分からキスした経験などない彼は、無我夢中で司野に口づけた。一瞬強張《こわば》った司野の身体が、次の瞬間、固く正路を抱き締める。

逆に唇を貪《むさぼ》られ、正路は、自分の体内に満ちた「気」が、司野に流れ込んでいくのを感じた。

さっきどころではない、強烈な脱力感。だが、司野がしっかり抱いていてくれるので、不安はない。

「はっ、その人間を吸ったところで、何になる？　僕にはとうてい敵《かな》わないよ、司野」

「俺の名を気易く呼ぶな。……俺の下僕が、俺を信じた。ならば、俺は、俺の主を信じるとしよう。それが筋というものだ」

司野は片腕でグッタリした正路を抱いたまま、もう一方の手で、テーパードパンツのポケットを探った。取りだしたのは、昼間、マンションの植え込みで土から掘り出したものが入っている、ガーゼタオルの小さな包みだ。

タオルを打ち棄て、まだ泥だらけの何か小さくて平たいものを手にした司野は、それを高く掲げて鋭い声で空に呼びかけた。

「何のつもりでこれを遺《のこ》したのかは知らんが、一度くらいは裏切りの帳尻《ちょうじり》を合わせろ、辰冬ッ！」

それを聞いて、カギロイは哄笑《こうしょう》した。

「なんだい、ここに来て、のたれ死んだご主人様頼りかい？　無理だろうよ。千年前に死んだ陰陽師《おんみょうじ》が、何の役に立つ？　君は本当に面白いな、司野。喰らうのは惜しい。だけど、生かしておくのもちょっと厄介かもね。やはり」

喰らうとしようか、と、カギロイは篳篥《ひちりき》を右手で持ち、吹き口を司野に向けてヒタと据えた。

「さあ、そこの下僕君のおかげで、二人分の『気』を一気に味わえる。どこから吸おうかな……」

（ああ……僕じゃ、司野を守れなかった。そりゃそうか……ごめん、司野）

もう目を開けることすら難しい正路は、心の中で司野に詫《わ》び、覚悟を決めた。今度こそ死ぬのだと思っても、司野と一緒なら、前回のような虚無感はない。

しかし次の瞬間。

地を裂くような凄《すさ》まじいバリバリという音が聞こえたと思うと、とんでもない光に正路は包まれた。目を閉じていても網膜が白く灼《や》かれて、意識ごと吹き飛ばされるような衝撃だ。

（な……なに、が？）

カギロイの悲鳴が、聞こえたような気がした。だが……正路の意識は、そこでなすすべもなく途絶えた。

「おい。いい加減に起きたらどうだ。朝飯の時間が終わってしまうぞ」

「えっ？　あ、は、はい。おはようござ……あれ？」

耳慣れた司野の声に覚醒《かくせい》した正路は、ベッドに身を起こそうとして、たちまち眩暈《めまい》に襲われ、柔らかな枕に再び頭を沈めた。

「うう、ぐらんぐらんする……」

「阿呆《あほう》。俺に根こそぎ『気』を注ぎ込んだりするからだ。一晩眠ったくらいでは、回復するはずもなかろう」

そう言って正路のベッドに腰を下ろした司野は、いつもどおりのクールな彼で、正路はすっかり混乱してしまった。

「えっ？　あれ？　昨夜《ゆうべ》のことって夢？　じゃ、ないよね。僕、ヨロヨロだもんね。じゃあ……僕たち、カギロイさんから逃げられたの？　どうやって？」

すると司野は、持っていた朝刊を広げ、とある記事を正路に無言で見せた。

そこには、「雅楽ミュージシャン　カギロイ氏、負傷で本日のコンサートをキャンセル」という見出しが躍っている。

驚いた正路は、記事と司野に、忙《せわ》しく視線を行ったり来たりさせる。

「まさか、司野がカギロイさんをやっつけたってこと？」

「それは、今の俺には無理だと言っただろう」

投げやりに、やはり悔しそうにそう言って、司野は新聞を自分のベッドに放り投げ、枕元のテーブルから、何かを取って正路に見せた。

昨夜と違い、土はあらかた払い落とされていたが、それが何か、正路にはすぐにはわからなかった。

「平べったくて……木？　木切れ？」

「櫛《くし》だ」

司野は痛みをこらえるような表情で目を伏せ、低い声で言った。

「遠い日、辰冬が俺に買い与えたものだ。俺を壺中《こちゅう》に封じたとき、その上に立てた社に、辰冬はこれを祀《まつ》った。だから俺の社は、『櫛社《くしやしろ》』と呼ばれていた。そんなもの、とうに失われたと思っていたが、辰冬が何らかの呪《しゅ》をかけていたのだろう。千年の歳月を俺と共に生き延び、度重なる工事で、あの植え込みの土に紛れ込んだというわけだ」

「これ、じゃあ、千年前の櫛？」

「そうだ。もっとも、ずいぶん欠けてしまったが。辰冬のことだ、何か仕掛けているのではないかと、勘で俺とお前、二人分の呪力を送り込んでみたら……特大の雷が、陽炎の頭上に落ちた。さしもの奴も、俺を舐《な》めて、気を抜きすぎていたようだ。奴が倒れた隙に、お前を抱えて逃げてきた」

「カギロイさん、死んではいないんだよね？　だったら、追いかけてきたりしない？」

「今は、大丈夫だ。もっとも、因縁が切れたわけではない。いつかまた、戦わねばならんだろうが、少なくとも今回は、辰冬に救われた」

正路は、信じられない思いで、もはや崩壊寸前に見えるボロボロの櫛を見つめた。

「その櫛、辰冬さんが司野のために用意していた、武器……みたいなもの？」

「俺のためか奴自身のためか、それは知らん。だが、とにかく役に立った。少しは見直してやってもいい。鴨川の河川敷の草が、広範囲に焼き払われるほどの雷の直撃だ。陽炎も、しばらくは動けまい。俺も、少し焦げた」

真顔でそう言う司野の髪が、ほんの少しチリチリになっているのに気づき、正路は横たわったまま噴きだしてしまった。

「もう、司野ってば。こんな真面目な話をしてるときに……あ、でも」

正路は、両手で自分の髪や顔に触れ、それから司野の顰《しか》めっ面を見上げた。

「僕は全然、焦げてない。それって司野、咄嗟《とっさ》に僕を庇《かば》って……」

「うるさい。臆測《おくそく》はいい」

「でも！　ありがとうくらい」

「礼を言うなら、俺のほうかもしれん」

「えっ？」

驚く正路に、司野は盛大に照れすぎてむしろ険しい顔で言い放った。

「お前が『気』の押し売りをしなければ、辰冬の……櫛のことを思い出すことはなかっただろう。俺ひとりの『気』では、あの雷を生じさせるに足りなかったかもしれん。まあ、微々たる感謝ではあるが、くれてやる」

そこで言葉を切り、司野はいきなり正路の顎《あご》を片手で摑《つか》んだ。それなりの痛みに、正路は悲鳴を上げる。

「あだだ……こ、これが感謝？」

「阿呆。感謝は、こっちだ。……少しばかり、返してやろう」

そう言うと、司野は正路のほうにぐっと上体を傾けた。昨夜とは比べものにならないほど優しく、しかしやはり氷のように冷たい司野の唇が、正路の唇を塞《ふさ》ぐ。

（ああ……やっぱり、嫌じゃない。僕は……）

正路は従順に司野の唇を受け入れた。流れてくる司野の「気」は、冷たくも力強く、正路の身体を駆け巡る。

（僕は昨夜、君が好きになってきたかも、って伝えたかったんだよ、司野。でも、もう伝わっちゃってるかも）

何となく、今は言葉にしたくないその想いを、正路は、司野の背中に回した手のひらに込めたのだった……。

エピローグ

財布から取り出した五十円玉を二枚、正路は目の前の賽銭《さいせん》箱に、格子の隙間から滑り込ませるように入れた。

五十円玉を選んだのは、「ご縁がありますようにと願って五円玉ではあまりにも安すぎる。せめて五十円玉に」という父の言葉に、そっと入れたのは、幼い頃からことあるごとに聞いてきた「絶対にお金を粗末に扱ってはならない」という祖母の言葉に従ってのことである。

次に賽銭箱の上に垂れている紐《ひも》を静かに引いて、頭上の大きな鈴を控えめに鳴らし、二礼、二拍手、そして両手を合わせて願い事をしてから、手を下ろしてもう一度お辞儀をする。

周囲の大人たちに教わった神社の参拝作法をきちんと守る正路の横で、司野は仏頂面で、全身から「くだらない」という空気を漂わせつつ、じろじろと拝殿を眺め回している。

頭を上げた正路は、そんな司野の様子に、「やっぱり」という表情になった。

「妖魔《ようま》に挨拶《あいさつ》の習慣がないのはよく知ってるけど、お参りする習慣もないの？　京都に来てから神社とかお寺とか行ってるのに、参拝したことがないよね」

するとと司野は、あからさまに小馬鹿にした口調で正路に問い返してきた。

「こんな姿に甘んじているとはいえ、神仏に頭を下げて頼みごとをするほどは、俺は落ちぶれていない」

「それ、絶対言うと思った！」

正路はクスッと笑って、拝殿の閉ざされた扉の向こうに目をやった。

「そういうところ、司野は凄《すご》く真面目だよね。神様へのお願いごとなんて、ダメ元っていうか、そんなにあてにせずにするものなのに」

それを聞いて、司野は形のいい眉《まゆ》をひそめる。

「そのわりに、金銭を支払っていたじゃないか」

「あれはまあ、お願いを聞いていただくお礼っていうか、その程度だよ。願いを叶《かな》えてもらう報酬としては、少なすぎるもん」

「そういうものなのか？　では、願いごとを口にすれば、それでもう満足できるのか、お前は」

ストレートな質問に、正路は面食らいながらも真剣にしばらく考え、そして頷《うなず》いた。

「そうだね。勿論《もちろん》、願い事が叶ったら嬉《うれ》しいし、そのときは、『あのときのお願いを叶えてもらえた！』って喜ぶかもしれない。でも、基本的には、そういうのはさほど期待してないかな。ただ……」

「ただ？」

「今、神様仏様にいちばん願いたいことは何だろうって、ここに立つと真剣に考えることになるからさ。自分の心が、思いがけない感じでよく見えるっていうか」

「己の心願がハッキリするということか」

「心願というほどじゃないかもしれないけど、直近で叶ってほしいこと、とか、そういうニュアンス」

「ふむ。お前はぐだぐだとくだらんことを飽きもせず悩む癖があるからな。そういうことなら、参拝にも一定の意味はあるかもしれんし、その礼に小銭をくれてやる程度のことは当然かもしれんな」

「くれてやるって……神様だからね！　もうちょっと表現、包んで」

苦笑いで窘《たしな》める正路に、「生意気な」と怒りもせず、司野はむしろやけに意地の悪い笑みを浮かべてこう言った。

「とはいえ、よりにもよってこの社で、お前は何を願ったんだ？」

「へ？」

正路はキョトンとする。

京都を去る今日、「忘暁堂」先代店主の大造さんと懇意だった骨董店《こっとう》を訪ねて回る司野に、正路は朝から付き従った。

きちんとスーツ姿で手土産を持参し、私生活では決して使わない敬語で丁重に挨拶をする司野に、正路は感動すら覚えつつその背中を見守った。

「人脈を繋《つな》いでおけば、互いに物品を融通したり、有益な情報を交換したりできるからな。利用できる手駒は多いほうがいい。挨拶と手土産で関係が維持できるなら、簡単なことだ」

司野はそんな風に嘯《うそぶ》いていたが、実際のところは、自分を息子のように慈しみ、店まで遺《のこ》してくれた先代店主への感謝がそうさせるのだろう。

たった半年のつきあいではあるが、同じ屋根の下で暮らしてきた正路には、確信を持ってそう思える。

そんな司野の用事が終わったタイミングで、正路は「帰るまでにせめて一度くらい、神社かお寺にちゃんとお参りがしたい」と切り出してみた。

「そんなに信心深いたちだったのか？」

司野は訝《いぶか》ったが、「京都といえば、お寺と神社の街って感じだから。お参りしておかないと落ち着かないよ」という正路の返事に、「そんなことだろうと思った」と冷ややかに肩をそびやかし、それでも、道沿いにあった直近の神社に付き合ってくれたのである。

「そういえば、ご祭神とか全然知らずに来ちゃった。でも、神社って、どんなお願いでもしていいんじゃないの？」

不思議そうな正路に、拝殿をチラと見て、司野は常識を語る口調で言った。

「神仏にも、得手不得手くらいはある」

「そうなんだ？　じゃあ、ここの神様が得意なのは……」

「この宮の主祭神は崇徳《すとく》天皇と大物主神《おおものぬしのかみ》、源頼政《みなもとのよりまさ》。その神徳は、ざっくり言えば、縁切りと縁結び、というやつだ」

「そうなんだ⁉」

驚く正路に、司野は、左側を指で示した。

「そこに、石碑があったろう」

正路もその方角を見て、頷いた。

「ああ、お札がベッタベタに貼られてたから、石かどうかすらわからなかったけど、あれ、石碑なんだね。真ん中に穴が空いてて、不思議な形だなって思ってた」

「あれが、『縁切り縁結び碑』だ。参拝を済ませ、札……形代《かたしろ》に願いを書き込み、あの碑の穴を、表から裏へ、次に裏から表へと潜り、最後に形代を碑に貼り付ける」

「……そうすると？」

「悪縁が切れ、良縁が結ばれる」

「へえ！」

感心しきりの正路に、司野は呆《あき》れ口調で言った。

「その程度のことは、知ってから参るべきだろう」

「返す言葉もないけど……そっか、縁切り、縁結び……」

口の中で呟《つぶや》く正路に、司野は口角をいやに吊《つ》り上げ、嘲《あざけ》るような笑みを浮かべた。

「おい。神に願った程度で、俺から逃げられるなどとは思うなよ、下僕」

正路は、慌てて首と両手を同時に振った。

「そんなこと、願ってないよ！　司野から逃げたいなんて思ったこと、この半年で一度もない」

「……ほう？」

「ほんとだよ」

「下僕としての生活が性に合うと？」

「そういうわけじゃないけど……でも、司野からはたくさんのことを教えてもらってる。命を助けてもらったことだけじゃなく、何から何までお世話になってもいる。少しずつでも、恩返しをしたいと思ってるんだ。だから……ええと」

「何だ？」

「僕が司野の役に立てることなんてほんのちょっぴりだから、恩返しにはかなり時間がかかると思うんだよね。だから……えっと、まだまだ、傍に置いてもらわないと。これからも、よろしくお願いします」

正路がそう言ってペコリと頭を下げると、司野は何とも言えない顔つきをした。

面食らっているとも、照れているとも、あるいは面白がっているともとれるその表情は、残念ながら、正路が頭を上げたときには、既に綺麗《きれい》さっぱり消え去っていた。

「俺に恩返しができるなどと思う時点で僭越《せんえつ》に過ぎるが、まあ、心がけはよしとしよう。では、あの石碑に用はないんだな？」

正路はこくこくと頷く。

「ないです！　全然ないです！」

「よし。ならば行くぞ。人間どもの欲と恨みが渦巻くこんな場所に、長居は無用だ」

そう言い終わらないうちに、司野はもう歩き出している。

「あ、待って待って」

長身で脚の長い司野なので、小柄な正路は、小走りで追いかけなくてはならない。

石造りの鳥居を潜って通りを歩きながら、正路は軽く息を乱し、司野に問いかけた。

「もう、用事は終わっちゃった？　このまま帰る？」

するとと司野は、歩くスピードを少しだけ落としてこう言った。

「そうだな。せっかく京都に来たんだ。祇園界隈《ぎおんかいわい》で昼飯を食ってから帰るか」

正路は、ようやく通常の速度で歩けることにホッとしつつ、自分の腹に手を当て、照れ臭そうに笑った。

「実は、さっきからお腹が鳴ってたんだ。嬉しいな。何を食べるの？　祇園のお店って、凄《すご》く高い印象だけど、大丈夫？」

「そうとも限らんようだぞ。大造さんが、京都出張の折にたまに立ち寄ると聞いていたうどん屋がある。そこへ行ってみようかと思う」

それを聞いて、正路はニッコリした。

やはり司野の心には、先代店主夫妻のことが深く根を下ろしていて、何だかんだ言っても、司野は彼らを心から慕っているのだ……そう感じられたからだ。

「いいね！　関西のうどんは美味《おい》しいっていうし。やっぱり、食べるべきは定番のきつねうどんかな？」

すると司野は、記憶をたぐるように少し視線を彷徨《さまよ》わせてから、こう答えた。

「いや。大造さんがいつも頼むのは、『チーズ肉カレーうどん』だと言っていた。ヨリ子さんが、『そんな濃いもの食べて！』と、珍しく厳しく咎《とが》めていたので覚えている」

「チーズ肉カレーうどん!?」

　予想外の情報に、正路は目を丸くした。

「なんだか、京都のイメージと違うなあ」

「それこそ、京都などと一絡《ひとから》げに言われては……」

「京都の人が迷惑、だよね。色んな人が、色んな暮らしをしているんだもの。何だか、余計にお腹が減ってきた。チーズ肉カレーうどん、楽しみだね！」

「……俺はそうでもないが」

　ぶっきらぼうに返した司野は、足早に歩きながら、ふと思い出したように正路に問いかけた。

「ときに、縁切り縁結びに関係がないとくると、お前がさっき祭神どもに願ったのは、何だったんだ？」

「えっ？」

　自分の願いなどに、司野が興味を示すとは思っていなかった正路は、驚いて思わず声を上げ、それから、ちょっと悪戯《いたずら》っぽい上目遣いで答えた。

「ナイショ」

「……何だと？」

「いつか、少しでも叶《かな》ったら言うよ。こういうの、誰かに喋《しゃべ》ったら叶わない、って聞いたことがあるし」

「下僕の分際で、主《あるじ》に隠しごととは」

そう咎めつつも、司野の顔には「特に気にしていない」と書いてある。

「いつか！　いつか、叶ったらちゃんと言うから。延期ってことで」

「人間はすぐ死ぬぞ。生きているうちに、とっとと言え」

「はぁい」

出会ったときには想像もできなかった、こんなじゃれ合いめいた会話が司野とできることをしみじみ嬉《うれ》しく思いつつ、正路は、秋の心地よい風を頬に感じながら、司野と肩を並べて歩いていった……。

本書は、二〇〇四年九月にイースト・プレス アズ・ノベルズより刊行された『妖魔なオレ様と下僕な僕4』を全面改稿し、改題して文庫化したものです。

妖魔《ようま》と下僕《げぼく》の契約条件《けいやくじょうけん》 4

榿野道流《ふしのみちる》

令和4年 11月25日　初版発行

発行者●山下直久

発行●株式会社KADOKAWA
〒102-8177　東京都千代田区富士見2-13-3
電話　0570-002-301（ナビダイヤル）

角川文庫 23422

印刷所●株式会社暁印刷
製本所●本間製本株式会社

表紙画●和田三造

ISBN 978-4-04-113021-6　C0193

◇◇◇

角川文庫発刊に際して

角川源義

第二次世界大戦の敗北は、軍事力の敗北であった以上に、私たちの若い文化力の敗退であった。私たちの文化が戦争に対して如何に無力であり、単なるあだ花に過ぎなかったかを、私たちは身を以て体験し痛感した。西洋近代文化の摂取にとって、明治以後八十年の歳月は決して短かすぎたとは言えない。にもかかわらず、近代文化の伝統を確立し、自由な批判と柔軟な良識に富む文化層として自らを形成することに私たちは失敗して来た。そしてこれは、各層への文化の普及滲透を任務とする出版人の責任でもあった。

一九四五年以来、私たちは再び振出しに戻り、第一歩から踏み出すことを余儀なくされた。これは大きな不幸ではあるが、反面、これまでの混沌・未熟・歪曲の中にあった我が国の文化に秩序と確たる基礎を齎らすためには絶好の機会でもある。角川書店は、このような祖国の文化的危機にあたり、微力をも顧みず再建の礎石たるべき抱負と決意とをもって出発したが、ここに創立以来の念願を果すべく角川文庫を発刊する。これまで刊行されたあらゆる全集叢書文庫類の長所と短所とを検討し、古今東西の不朽の典籍を、良心的編集のもとに、廉価に、そして書架にふさわしい美本として、多くのひとびとに提供しようとする。しかし私たちは徒らに百科全書的な知識のジレッタントを作ることを目的とせず、あくまで祖国の文化に秩序と再建への道を示し、この文庫を角川書店の栄ある事業として、今後永久に継続発展せしめ、学芸と教養との殿堂として大成せんことを期したい。多くの読書子の愛情ある忠言と支持とによって、この希望と抱負とを完遂せしめられんことを願う。

一九四九年五月三日

妖魔と下僕の契約条件 1

椹野道流

絶望から始まる、君との新しい人生。

その日、足達正路《あだちまさみち》は世界で一番不幸だった。大学受験に失敗し二浪が確定。バイト先からは実質的にクビを宣告された。さらにひき逃げに遭い瀕死の重傷。しかし死を覚悟したとき、恐ろしいほど美形の男が現れて言った。「俺の下僕になれ」と。自分のために働き「餌」となれば生かしてやると。合意した正路は生還を果たすが、契約の相手で、人間として骨董店を営む「妖魔」の司野《しの》と暮らすことになり……。ドキドキ満載の傑作ファンタジー。

角川文庫のキャラクター文芸

ISBN 978-4-04-111055-3

モンスターと食卓を

槙野道流

うちに帰って、毎日一緒にごはんを食べよう。

神戸の医大に法医学者として勤める杉石有《すぎいしなお》には、消えない心の傷がある。ある日、物騒な事件の遺体が運び込まれる。その担当刑事は、有の過去を知る人物だった。落ち込む有に、かつての恩師から連絡が。彼女は有に託したいものがあるという。その「もの」とは、謎めいた美青年のシリカ。無邪気だが時に残酷な顔を見せる彼に、振り回される有だけど……。法医学者と不思議な美青年の、事件と謎に満ちた共同生活、開始！

角川文庫のキャラクター文芸

ISBN 978-4-04-107321-6